KB061832

딸에게 주는 레시피

딸에게 주는 레시피

공지영 에세이

한겨레출판

엄마가 하고 싶은 말은 이거야.
너는 소중하다고.
너 자신을 아끼고 소중히 여기는 일을
절대로 멈추어서는 안 돼.

1부 - 걷는 것처럼 살아

첫 번째 레시피　소망이 우수수 떨어지는 날도 있어 • 10
－자신이 초라해 보이는 날엔 시금치샐러드

두 번째 레시피　인생은 불공평하니까 살기 쉬운 것 • 20
－'엄마 없는 아이' 같을 때 어묵두부탕

세 번째 레시피　자기 자신 사랑하기, 어떻게 하는 거예요? • 31
－자존심이 깎이는 날 먹는 안심스테이크

네 번째 레시피　그래서가 아니라 그럼에도 불구하고 어른이 되는 거야 • 43
－복잡하고 어렵지만 그럼에도 불구하고 애플파이

다섯 번째 레시피　한번은 시들고 한번은 완전히 죽는다 • 53
－죽음을 위로해준 고마운 친구들과 먹는 훈제연어

여섯 번째 레시피　너는 네 자존심보다 중요하다 • 65
－모든 게 잘못된 것같이 느껴지는 날, 꿀바나나

일곱 번째 레시피　만나지 말아야 할 세 사람 • 76
－포틀럭 파티에 가져가는 브로콜리 새우 견과류 샐러드

여덟 번째 레시피　더러운 세상에는 "더럽다"고 해버려 • 89
－세상이 개떡같이 보일 때 먹는 콩나물해장국

아홉 번째 레시피　베풀던 모든 A는 받기만 하는 모든 B에게 배신당한다 • 99
－속이 갑갑하고 느끼할 때는 시금치된장국

2부 - 우리가 끝내 가지고 있을 것

열 번째 레시피　가장 단순한 것이 가장 질리지 않는다 • 112
　　　　-엄마표 5분 요리 알리오에 올리오

열한 번째 레시피　남자는 변하지 않으며, 변할 생각이 없다 • 122
　　　　-우선 김치비빔국수를 먹자

열두 번째 레시피　할 수 있는 일과 없는 일을 구분해야 해 • 133
　　　　-특별한 것이 먹고 싶을 때는 칠리왕새우

열세 번째 레시피　살기 위해 노동하지만 노동이 우리를 살게 한다 • 144
　　　　-지리산 친구들에게 건배하기 위한 굴무침

열네 번째 레시피　물어보라 "지금 사랑을 느껴?" • 155
　　　　-향기롭고 든든한 물고기덮밥

열다섯 번째 레시피　기분 나쁠 때는 마시지 않는다 • 166
　　　　-술 마신 다음 날엔 두부탕

열여섯 번째 레시피　괜찮아요, 저에게는 나쁜 일이 일어나지 않거든요 • 177
　　　　-생일 기념 축일에는 부추겉절이와 순댓국

열일곱 번째 레시피　돈으로 살 수 없는 것도 있다 • 188
　　　　-엄마표 비프커틀릿을 먹으며 이야기를 해보자

열여덟 번째 레시피　죽거나 미치지 않고 어떻게 힘든 시간을 이길까 • 199
　　　　-가래떡을 먹으며 '흠흠궁리' 하는 날

3부 - 덜 행복하거나 더 행복하거나

열아홉 번째 레시피 **젊으니깐 무조건 찬성** • 212
  - 가장 척박한 땅에서 자라 열매 맺는 올리브

스무 번째 레시피 **집착을 내 머리맡에 갖다 둔 사람** • 223
  - 아픈 날에는 녹두죽과 애호박부침

스물한 번째 레시피 **내가 먹을 건 내 맘대로 만들자** • 233
  - 요리라고 부를 수도 없는 달걀 요리

스물두 번째 레시피 **오늘 네가 제일 아름답다** • 244
  - 봄을 향긋하게 하는 콩나물밥과 달래간장

스물세 번째 레시피 **뼈저린 후회는 더 사랑하지 못한 것** • 254
  - 너를 낳고 홍콩에서 먹은 더운 양상추

스물네 번째 레시피 **슬픔에 휘둘려 삶의 한 자락을 잊어버리면 안 돼** • 265
  - 따스하고 보드라운 프렌치토스트

스물다섯 번째 레시피 **함부로 '미안하다' 하지 않기 위해** • 275
  - 속이 답답할 때 먹는 오징엇국 혹은 찌개

스물여섯 번째 레시피 **나를 알고자 하지 않았던 대가** • 288
  - 가끔 누가 있었으면 할 때는 싱싱김밥

스물일곱 번째 레시피 **세상 모든 사람이 나보다 낫다** • 299
  - 몸을 비우기 위해 먹는 된장차

작가의 말 • 309

산다는 것도 그래.
걷는 것과 같아. 그냥 걸으면 돼. 그냥 지금 이 순간을 살면 돼.
그 순간을 가장 충실하게, 그 순간을 가장 의미 있게,
그 순간을 가장 어여쁘고 가장 선하고 재미있고 보람되게 만들면 돼.

1부

걷는 것처럼 살아

• 첫 번째 레시피 •

소망이 우수수 떨어지는 날도 있어

자신이 초라해 보이는 날엔
시금치샐러드

그런 날 있잖아. 별것도 아닌 말 한마디에 가슴이 철렁하는 날, 그 때문에 실은 하루 종일 우울한 날, 갑자기 모든 가능성의 문이 닫히고 영원히 세상의 불빛 밖으로 쫓겨난 것 같은 날. 열심히 노력하면 어찌어찌 손에 잡힐 것 같은 소망들이 우수수 떨어져 내리고 누군가가 네 귀에 이런 말을 속삭이지⋯⋯. "너무 애쓰지 마, 넌 안 돼. 그건 처음부터 너와는 전혀 다른 부류의 사람들에게 주어진 거야, 넌 아니구." 뭐 그런 날.

그런 날이면 할 일들

혹은 이런 날도 있어. 화가 머리끝까지 뻗치는 날, 평소에 아무렇지도 않았던 저 사람의 색깔 안 맞는 와이셔츠가 견딜 수 없고, 엄마의 전화 통화 소리도 견딜 수 없고, 그냥 다 그만두고 막 망가져버리고 싶은 날, 그런 날⋯⋯. 그래 누구에게나 그런 날이 있어. 그런 날 엄마가 해줄 수 있는 건 그저 들어주고, 그런 네가 전혀 이상한 사람이 아니라고 말해주고, 함께 아파하면서 맛있는 걸 먹자고 제의하

는 것뿐이지. 이제 엄마도 늘 네 옆에 있지 않게 되었으니 이렇게 편지를 써. 우선 고양이 털의 개수보다 많은, 그런 날을 살아왔던 엄마가 할 수 있는 말은 이런 거야.

첫째, 생리일이 다가왔나 체크해볼 것(호르몬의 힘은 생각보다 무지막지하단다. 슬프게도 이건 현실이야).

둘째, 무조건 자기가 가장 좋아하는 일을 할 것. 영화를 보거나 음악을 듣거나 책을 읽거나 혹은 제일 좋은 친구를 만나거나, 아니면 웃지 않을 수 없는 코미디를 봐. 목욕탕에 가서 오랜만에 큰맘 먹고 목욕관리사분에게 몸을 맡겨 때를 밀거나 아로마 마사지(발 마사지도 괜찮아)를 받거나 네일숍에 가서 손톱을 잘 정리해두는 것도 좋겠다.

요지는 이게 정신의 문제이기 때문에 그 문제를 다시 정신으로 풀려고 하다가는 일이 더 꼬일 수 있다는 거야. 이럴 땐 슬쩍 우회해서 육체를 건드리는 거지. 육체에 관해 자기가 기분 좋을 수 있는 모든 것이 여기에 해당돼. 달리기 같은 운동이 좋겠지만 그것까지는 무리라면 이런 방법도 괜찮다는 거야.

잠깐, 여기서 그럴 돈 없다고 하지는 말자. 물론 쌀을 살 돈도 없는 지경이라면 더 이상 엄마가 할 말은 없지만, 네가 전에 속상한 일이 있어서 치킨을 2인분이나 시키고 라면을 먹고 맥주를 여러 병 마시는 등 폭식하던 걸 생각하면 그리 비싼 비용은 아닐 거야.

셋째, 이게 가장 중요한데 우선 열 번(이것도 결코 쉽지 않아) 천천히 호흡할 것. 그러면서 이런 일이 전에도 있었고 앞으로도 있을 것이고 이런 날을 피해 갈 수 있는 인류란 '계속해서 웃는 병'에 걸린 병자들 외에는 없다는 걸 명심할 것. 그리고 그런 날은 엄마의 레시피를 따라 요리를 해보자.

재료는 시금치야. 싱싱하고 예쁜 시금치 한 단. 약간의 올리브유(없으면 포도씨유나 현미유. 유전자를 조작한 옥수수유 같은 것은 권하지 않아. 이왕이면 몸에 좋은 기름은 한 병쯤 마련해두자. 앞으로도 기름은 계속 쓰일 거거든), 파르메산 치즈 가루, 이렇게.

치즈 가루를 '성질대로' 뿌린다. 끝!

우선 시금치를 깨끗이 씻어. 약간 큰 접시에 시금치를 예쁘게 담아(시금치 한 단을 사서 이렇게 접시에 담아봐. 그러면 아마도 어마어마한(?) 양이 남을 거야. 남은 건 깨끗한 비닐에 넣고 묶어서 냉장고에 넣어. 실은 바로 소금을 넣은 물에 살짝 데쳐 냉장고에 넣으면 좋은데, 오늘 주제는 '우울한 날을 위한 레시피'니까 그건 다음 날로 미루어보자. 오늘 요리가 맛있으면 내일 또 그걸 꺼내 먹을 수 있거든). 이미 뽀빠이도 강조한 바 있지만 시금치의 효능은 다 설명하기 바쁠 정도야. 비타민 A·B·C가

풍부하고 이름도 복잡해 정말 몸에 좋을 것 같은 각종 아미노산이 골고루 들어 있어서, 결론은 피부를 윤기 있게 하고 변비를 예방하며 술독을 없애고 눈을 밝게 하고……. 나머지는 먹으며 찾아볼 것!

요리 순서는 이거야. 약간 커다란 접시에 담은 시금치를 한입에 먹기 좋을 만큼 손으로 뜯어서(칼로 잘라도 되지만 손으로 뜯는 게 더 예쁘고 맛도 좋아) 예쁘게 편다. 잎이 너무 많으면 줄기는 버려도 괜찮을 거 같아. 올리브유를 그 위에 살살 뿌린다. 그리고 파르메산 치즈 가루(피자 시켜 먹을 때 같이 오는 일회용 파르메산 치즈 가루를 모아놓았다면 요긴하겠지?)를 '성질대로' 뿌린다. 끝!

이게 무슨 맛이냐고? 요리하는 데 5분도 걸리지 않으니 한번 해 봐. 나중에는 매일 이것만 먹고 싶을걸.

아까는 시간이 없다고 한 친구가 갑자기 집으로 온다고 한다. 먹을 게 없어서 이걸 내놓아야 하는데 너무 초라해 보인다 싶으면 아몬드 슬라이스(이것도 한 봉 있으면 좋아. 음식에 뿌리면 보기도 럭셔리하고 맛도 좋거든)를 그 위에 멋지게 흩트려 놓아봐. 땅콩 부순 것도 좋지. 그래도 좀 부족하다 싶으면 방울토마토나 그냥 토마토를 예쁘게 잘라 시금치샐러드에 곁들여봐. 그런데 오는 친구가

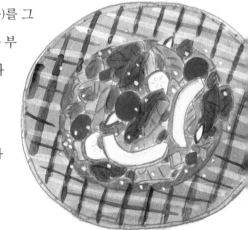

입맛도 까다롭고 조금 배부른 것을 원한다. 그러면 아보카도 사다 놓은 것을 잘라 예쁘게 저며서 곁들여. 오이도 괜찮아. 취향대로.

하얀 혹은 검은빛의 도자기 접시 위에 짙푸른 시금치와 노란 치즈 가루, 아몬드 슬라이스와 빨간 토마토, 올리브그린의 아보카도 혹은 연둣빛 오이. 더 많이 진도를 나가자면 노란색과 빨간색의 파프리카 잘게 썬 것을 샐러드 위에 고명처럼 올려도 아주 예쁘단다. 이렇게 나가다 보면 응용이 좀 되겠지. 거슬러보면 그냥 시금치에 올리브유, 치즈 가루로도 충분한 것이 이 요리의 포인트란다.

시금치샐러드는 손님 초대용 전채 요리로도 좋아. 바삭한 바게트나 잘 구운 토스트를 곁들여도 아주 맛있단다.

이왕이면 깨끗한 식탁 혹은 탁자 위에 이걸 놓고 와인이라도 한 잔 곁들이면 좋지. 엄마의 경험으로는 이 요리엔 화이트 와인이 좋더라구. 국산 와인을 한 병 사다 놓으면 요리에 넣어도 좋고 이럴 때 마셔도 좋아. 술이 약하거나 많이 피곤한 날은 와인에 얼음을 넣거나 찬물을 타 마셔도 아주 좋아. 와인 마시는 법이 아니라구? 아니, 먹고 마시는 법은 먹고 마시는 사람을 위해 존재하는 거야. 아무도 사진 찍어다 얘 이상하게 먹고 있어요, 이렇게 고발하지 않거든. 그리고 걱정 마, 프랑스 친구에게 배운 거니까.

자, 이제 천천히 샐러드를 먹으면 돼. 어때? 기분이 좀 나아지고 있니? 예쁘게 올려놓은 자연의 산물인 샐러드의 고운 빛이 결코 너를 실망시키지 않을 거야. 자극적이지 않은 음악이 곁들여진다면 더 좋겠지.

엄마가 어렸을 때부터 너희에게 자주 했던 말 생각나니? 너희가 혹여라도 음식을 먹지 않으려고 할 때, 그게 심술이 나서 그렇든 음식 타박을 해서 그렇든 투정을 부리는 너희 앞에서 엄마가 접시를 치우며 했던, 가끔은 너희에게 야속하게 들렸던 그 말?

"먹기 싫으면 먹지 마라. 요즘 세상에 많이 먹어서 탈 난 사람은 많지만 적게 먹어서 탈 난 사람은 없어."

그때는 너희의 음식 투정이나 편식을 없애려고 했던 그 말이 우연히도 참으로 맞는 말이라는 생각을 하게 되었단다. 우울증도 분노도 짜증도 실은 영양 과잉에서 오는 경우가 참 많아.

엄마의 친구는 아이들에게 잔소리가 심해지는 자신을 발견할 때면 바로 그 시간부터 하루 단식에 들어가곤 했어. 처음에는 그게 좀 이상하다 싶었는데 이제 나도 많이 이해하고 공감하며 실은 가끔은 따라 하고 있단다. 육체는 우리 영혼의 집. 일주일에 한 번 대청소를 하는 것처럼 가끔 비우고 환기를 시켜주어야 하니까. 그리고 끝 간데 없이 욕망에 꺼들리는 나 자신에게 한번쯤 영혼의 목소리로 고삐를 당겨주기도 해야 하니까.

샐러드를 다 먹어가니? 오랜만에 혼자 마신 와인에 알딸딸하면 이제 따뜻하게 몸을 씻어라. 따뜻한 물에 오래 몸을 담글 수 있다면 더 좋고. 그건 정말 강력 추천. 우울증에 온열요법이 엄청 도움이 된다는 것은 이미 알려진 사실. 그것이 불가능하다면 따뜻한 양말을 신고 따뜻하게 몸을 덥힐 수 있게 하고 자리에 눕는 거야. 참, 여기서 중요한 것은 다시 육체.

라벤더 오일(이 라벤더 에센셜 오일도 작은 것 한 병 마련해놓기를 바란다. 이것도 앞으로 계속 쓰일 거야. 인공 향은 안 돼. 진짜 오일을 고를 것. 5밀리리터 한 병에 아마도 1만 원쯤 하는데 1만 원의 가치를 다하고도 남아. 한 달쯤 쓸 수 있거든)을 손에 덜어 얼굴에 바르는 로션에 섞어 귀 뒤에, 그리고 보디로션에 섞어 온몸에도 발라보려무나. 라벤더는 진정 효과와 신경 안정, 근육 이완, 심지어 항균 효과까지 있어. 이런 날은 얼굴에 뾰루지가 난 경우도 많을 테니 일석삼조쯤 되겠지.

그러고 나서 자리에 누워 가장 편안한 자세로 오늘 일기를 써보렴. 너무 심각하지 않게. 가벼이 써나가는 글 속에서 어쩌면 너를 괴롭히고 우울하게 만들었던 그 일들, 그 단어, 그 눈빛이 떠오를지도 몰라. 아프겠지만 그것을 잡아라. 오늘이 아니어도 좋아. 너무 아프거든 하지 않아도 괜찮아. 하지만 명심해라. 우리가 회피하고, 무시

하고, 도망치고 싶어 하는 바로 그것이 실은 우리가 진정 풀어야 할 숙제이고 넘어야 할 언덕이며 결국은 우리를 진정으로 성장시켜주는 열쇠임을 말이야. 얼핏 가시투성이로 보이는 그 껍질 속에 실은 성장의 열매가 있다는 것을 말이야. 그리고 미친 듯이 돌아가는 이 세계가 우리에게 요구하는 마지막 사악한 요구에는 절대 응하지 말아야 한다. 그 사악한 요구의 핵심은 이것이지. "네게는 영혼이 없다."

엄마는 세상 속에서 지치고 상처 입으며 돌아온 네 머리맡에 엘런 배스가 한 말이 담긴 이런 메모를 놓아주고 싶어.

"모든 살아 있는 존재는 자기 자신이 되고자 한다. 올챙이는 개구리가, 애벌레는 나비가, 상처받은 인간은 완전한 인간이 되고자 하는 것이다. 이것이 바로 영성이다."

인생은 불공평하니까 살기 쉬운 것

'엄마 없는 아이' 같을 때
어묵두부탕

내게 가을 저녁은 늘 그 차가움보다는 어둠으로 다가왔어. 나에게 가을 저녁의 첫 느낌은, 부끄럽게도 '겁이 덜컥 남'이었단다. 전과 같은 시간에 길거리를 나서는데도 낮이 성큼성큼 멀어지고 먹빛 어둠이 덮쳐올 때, 갑자기 나도 모르게 발걸음이 서둘러지고 그럴 때, 〈가끔 나는 엄마 없는 아이 같아요(Sometimes I feel like a motherless child)〉라는 노래를 들었단다. 소년 합창단이 부르는 것도 좋고 트럼펫 연주도 참 좋아.

대학 때 자주 가던 이화여대 앞의 클래식 카페 '올리버'에 있으면 긴 클래식 곡들 사이사이에 가끔 이 노래가 나왔지. (지금도 그 카페가 있으려나 몰라.) 당시 클래식 카페에서 곡을 소개할 때는 칠판에 곡명과 연주자 등을 써놓는 것이 보통이었는데, 늘 거기서 음반을 틀어주던 키가 크고 팔다리가 아주 가늘고 긴 남자가 목까지 올라오는 검은색 터틀넥을 입고 성큼성큼 걸어 나와 검고 푸른 칠판에 흰 백묵으로 이 제목을 써넣었을 때의 아스라한 충격이 지금도 기억난다. 그때 엄마는 너보다 어렸던 스물한두 살. 그때 내 나이보다 나이가 많은 딸이 있는데도 아직도 나는 이 노래를 들으면 가슴이 시리고 빨리 집으로 가고 싶어.

가을 저녁이 일깨워주는 것

노래 이야기가 나왔으니 말인데, 이제 내 나이가 되면 노래는 노래 자체보다 추억으로 들린다. 꽃이 피는 것도 추억으로 피고 비도 추억으로 내리니 눈이야 뭐 말할 것도 없겠지. 엄마의 할머니 친구는 예전에 엄마를 보고 "많이 경험하고 많이 살아내라. 죄라도 많이 지어라. 제일 나쁜 것은 젊은 애가 아무것도 하지 않고 움츠리고 있는 거야. 영화나 책 속으로라도 들어가 모험을 해라. 늙어보니 추억만 남는다" 했단다. 이제 내가 그 말을 네게 들려줘야 할 때가 왔구나.

가을 저녁이 일깨워주는 또 하나의 공포는 돈에 대한 것이다. 아마 우리의 오래된 유전자 속에 가을이 오고 저녁이 내리면 죽음의 공포가 스며들었겠지. 겨울이 되면 더 이상 먹거리를 구하기 힘들었을 테니까. 그래서 우리는 과도하게 돈 생각에 잠기고 과도한 두려움을 가지기도 한단다. 내년 봄에 올려 낼 집세 걱정부터 아직 전혀 예정에도 없는 결혼 자금에 대한 걱정까지.

그러나 그럴 것 없어. 생각해보면 돈은 사실 어제도 그제도 그다지 많은 것은 아니었거든. 다시 잘 생각해보면 우리가 정말 돈이 많아서 막 행복했던 때가 있었는가 말이야. 행복은 사실 그것과 무관하게 오고 가곤 했지. 대개는 말이야.

게다가 여자들은 어떤 땐 한 가지 걱정을 시작하면, 이상하게도 다른 걱정이 뒤따라오면서 마치 인생의 모든 문제를 지금 30분 안에 해결하지 않으면 사형이라도 당할 사람처럼 굴곤 하지. 그래서 가을 저녁이 더 힘든 것 같아. 우선 가을 저녁 찬 바람을 맞으면 유전적으로 생존에 대한 공포가 생겨나고 그것이 돈과 연결되면서 줄줄이 고민이 밀려온다. 심지어 어제 배달된 옷을 반품할 일까지 스트레스로 다가오는 거야. 나만 그런 줄 알았는데 언젠가 《화성에서 온 남자, 금성에서 온 여자》라는 책을 보니 존 그레이도 그런 분석을 하고 있더라. 근심이 해결되지도 않았는데 신기하게도, 다들 그렇다고 하는 걸 보니 좀 안심이 되었어.

인생은 불공평하니까 살기 쉬운 거야

언젠가 네가 볼멘소리로 엄마에게 말했듯이 "세상은 공평하지 않다". 이 말을 할 때 나를 바라보는 너의 눈빛은 '엄마, 아니라고 말해줘. 내가 노력하고 착하게 살고 그러면 다 좋아질 거라고. 세상은 결국 공평하다고 말해줘' 하는 눈빛인 것을 알았고 또 엄마도 네게 그렇게 말해주고 싶었으나 나는 네게 말해야 했었단다.

"맞아, 위녕, 세상은 불공평해. 절대로 공평하지 않아. 그러나 네가 그 사실을 받아들이는 순간 세상은 놀랍도록 공평하게 느껴질

거야." 너는 영민해 보이는 눈을 깜빡이며 그게 무슨 뜻인지 알아들으려 노력하는 듯했지. 하지만 그걸 어떻게 네 나이에 알아듣겠니? 실은 엄마도 그걸 알아가는 중이야. 하지만 거기서 네가 놓치지 말아야 할 포인트는 이거야. 공평하지 않다는 것을 받아들이라고.

세상은 얼마나 공평하지 않느냐면 저 나쁜 인간들이 사는 곳에 맑고 투명한 햇빛이 충분히 쏟아질 만큼 불공평해. 사악한 자들이 사는 곳에도 아름드리나무가 푸르게 자라고 장애인들을 등쳐먹는 이가 사는 곳에도 희디흰 눈이 내린단다. 평생 남을 위해 작은 것 하나도 나누던 노인이 어느 날 새벽 노동을 하러 가는 길에 뺑소니차에 치어 죽고, 어느 날 문득 다가온 폭풍에 평생 성실히 살아온 어부가 바다로 영원히 사라져버리기도 한단다.

맞아. 네 친구 중 하나는 돈 많은 부모 밑에서 태어나 해외 유학을 빙자해 서른이 다 되도록 놀고먹으며 미래조차 걱정하지 않는데, 다른 네 친구는 아버지가 버리고 간 병든 엄마를 부양하느라 아침부터 밤까지 일하지만 월세조차 잘 해결하지 못하고 있지. 가끔 만나서 한다는 말이 "나한테 세상 정의 같은 거 이야기하지 마. 그것도 먹고사는 걱정 없을 때 하는 이야기 같아. 월세 내기도 벅차서 죽고 싶은 거 참고 겨우겨우 버티고 있어", 이래서 너를 엄청난 우울로 몰아넣고 말이야. 그래 그렇다……

엄마는 묻고 싶었어. 인생이 원래 공평해야 한다고 맨 처음 누가 네게 말했더냐, 고. "힘들어 엄마"라고 말하는 네게 이렇게도 묻고 싶었지. "인생이 쉽고 행복하기만 한 것이라고 누가 네게 말했더냐." 하지만 절망하는 건 일러. 인생이 불공평하고 인생이 원래 행복으로만 이루어진 금빛 길이 아니라는 것을 아는 순간, 인생길은 쉬워진다. 이것만은 약속할 수 있어.

히말라야를 오르는 사람들 중에서 "여기 왜 이렇게 추워요?", "아아, 힘들어요. 여기 왜 이렇게 산소가 부족하죠?", "왜요? 왜 춥고 왜 산소가 부족하죠?"라고 묻는 이가 없지. 그래 인생은 히말라야 같다. 아니 어쩌면 히말라야보다 더 어려운 길일지도 몰라. 최소한 히말라야에서는 어느 날 어떤 등반객이 "아, 히말라야의 날씨가 좋아질 기미가 보이지 않는다. 산소가 더 채워질 가망도 없다" 뭐 이러면서 자살했다는 이야기는 듣지 못했으니까.

하지만 의기소침해하지 마. 설명하자면 그렇다는 거고, 굳이 언어로 표현하자면 그렇다는 거지. 무슨 소리냐고? 어느 외계인이 너와 채팅을 하면서 묻는다고 치자. "지구인은 어떻게 두 다리로 빳빳이 서서 걷는 거죠?" 그러면 너는 어떻게 설명해주겠니? "우선 다리 하나를 앞으로 뻗어요. 음, 그 다리의 반대편 팔은 앞으로 나가게 하고요. 내뻗지 않는 반대편 다리는 뒤꿈치를 들어 올려 발 앞쪽으로 땅을 지탱하며 살짝 밀어주고 나머지 팔은 앞으로 돌리며……."

외계인과 채팅하지 않는 것이 얼마나 다행인지 새삼 감사한 마음이 드는구나. 그냥 걸으면 되는데, 그냥. 우리 몸은 걷게 돼 있으니 말이야.

걷는 것처럼 그렇게 살아, 그냥

위녕, 산다는 것도 그래. 걷는 것과 같아. 그냥 걸으면 돼. 그냥 지금 이 순간을 살면 돼. 그 순간을 가장 충실하게, 그 순간을 가장 의미 있게, 그 순간을 가장 어여쁘고 가장 선하고 재미있고 보람되게 만들면 돼. 평생을 의미 있고 어여쁘고 선하고 재미있고 보람되게 살 수는 없어. 그러나 10분은 의미 있고 어여쁘고 선하고 재미있고 보람되게 살 수 있다. 그래, 그 10분들이 바로 히말라야 산을 오르는 첫 번째 걸음이고 그것이 수억 개 모인 게 인생이야. 그러니 그냥 그렇게 지금을 살면 되는 것.

그 10분을 위해 집으로 가는 길에 길모퉁이의 작은 슈퍼에 들러 넓적한 어묵과 두부를 사거라. 맛있는 가을무가 있으면 그것도 하나 사자. 가을무는 다듬어 비닐봉지에 넣어 밀봉하면 한 달쯤은 두고 먹을 수 있으니까. 그리고 음식에 넣기 위해 써는 동안 하얗고 물 많은 부분을 깎아 먹어봐. 배보다 시원하고 달아. 무가 다이어트와 배변에 좋다는 것은 당연히 알겠지?

부글부글 끓어오를 때쯤이면
무는 투명하게 익고 어묵은 부들부들 불어나고
두부는 탱탱해진단다.
간을 보아서 국간장이나
소금 혹은 천연 양념으로 간을 더 맞추면 끝!

멸치와 다시마를 우린 국물이 있으면 좋은데, 없으면 그냥 물을 넣고 끓여. 무를 손가락 굵기로 길쭉하게 잘라 넣고(뭐 아무렇게나 썰어도 좋은데 이게 제일 예쁘고 먹기도 좋더라고. 무 특유의 아삭거림도 좀 남아 있고) 된장과 고추장을 2 대 1 비율로 넣어. 라면 1개를 끓이기 좋은 냄비라면 된장 2티스푼에 고추장 1티스푼 정도. 어묵도 비슷하게, 두부도 비슷하게 손가락 크기로 썰어 넣고 마늘 1티스푼, 파 적당량을 넣어서 푹푹 끓여. 부글부글 끓어오를 때쯤이면 무는 투명하게 익고 어묵은 부들부들 불어나고 두부는 탱탱해진단다. 간을 보아서 국간장이나 소금 혹은 천연 양념으로 간을 더 맞추면 끝!

이 간단한 요리에는 이상하게 엄마가 끓여주는 된장찌개 느낌과 오뎅 느낌이 나는 건더기(나는 '오뎅'이라는 이 일본어를 사용하려 한다. 어묵은 '가마보코'라는 식재료의 이름이고 오뎅은 음식 이름이야. 당면이 재료 이름이고 잡채가 음식 이름이듯이 말이야. 이씨 조선, 민비, 뭐 이렇게 일본 제국주의가 조선을 비하하기 위해 쓴 것을 제외하고는 일본어는 죄가 없다는 게 나의 지론. 그래서 나는 오뎅이야) 그리고 왠지 나의 건강을 챙겨줄 것 같은 두부…… 여기에 밥과 김치를 곁들이면 다른 반찬이 필요 없어. 의외로 맛있는 국과 찌개의 중간쯤 요리가 된단다.

어묵두부탕이 끓을 때 스마트폰으로 〈가끔 나는 엄마 없는 아이 같아요〉를 들어보렴. 의외로 된장과 고추장이 끓으며 풍기는 냄새가 스산한 거리에 있는 게 아니라 이 노래를 따라 고향으로 돌아온, 혹은 엄마 집으로 돌아온 것처럼 너를 느끼게 할 거야.

명심해라, 이제 너도 어른이라는 것을. 어른이라는 것은 바로 어린 시절 그토록 부모에게 받고자 했던 그것을 스스로에게 주는 사람이라는 것을. 그것이 애정이든 배려든 혹은 음식이든.

너는 무엇을 엄마에게 받고자 했으나 받지 못했니? 네 마음은 뜻밖에도 너의 질문에 많이 울먹거리게 될 것이고, 너는 오늘 밤 오래도록 네 안에 사는 어린아이와 대화해도 좋겠구나. 오늘 밤은 충분히 기니까. 그리고 그 안의 아이가 훌쩍 아름답게 자라날 만큼 깊으니까.

사랑한다. 이 불공평하고 힘겨운 인생에서 그래도 우리가 이 불공평과 힘겨움을 함께 나눌 수 있다는 사실을 감사하며. 오늘도 좋은 밤.

자기 자신 사랑하기, 어떻게 하는 거예요?

자존심이 깎이는 날 먹는
안심스테이크

어떤 커플(여기서 커플이란 부부나 연인도 되고 친구도 되고 친한 선후배 등 붙어 다니는 모든 사람을 이야기해)을 만났을 때 가끔 나는 깜짝 놀라곤 한단다. 분명 둘은 친한 사이고 심지어 사랑하기도 하며 서로 그 사실에 대해서 의심하지 않는 커플인데도, 한쪽이 심한 면박을 주거나 모욕적인 언사 혹은 그런 행동을 하는데 다른 쪽에서는 그것을 전혀 의식하지 못하고 심지어 그것을 애정이라고 하며 극언하는 것을 보았을 때 말이야. 그들은 대체로 이렇게 말하곤 했단다.

"그건 저 사람이 나 좋아서, 혹은 나 잘되라고 그러는 거예요."

"저 사람이 말은, 혹은 행동은 그렇게 해도 속으로는 저를 무지 위하고 좋아해요."

오 마이 갓, 무슨 말인지 알 것 같니?

아이들에게 하는 당부의 말

가끔 고등학교에 강연하러 갈 때가 있는데, 그때 엄마가 딱히 할 말도 없고 해서 아이들에게 몇 가지 당부하는 게 있단다. 그건 이런 거야.

"여러분이 인생에서 중요하게 생각해야 할 것이 두 가지 있는데, 하나는 정말 자기 자신을 사랑해야 한다는 것이고 또 하나는 그런 자신에 대한 사랑을 또 다른 나인 남과 나누어야 한다는 거예요."

그러면 아이들이 묻곤 하지.

"자기 자신을 사랑해야 한다는 말은 귀가 아프도록 들었어요. 그런데 그건 어떻게 하는 거예요?"

그러면 엄마가 대답하곤 했단다.

"자기 자신을 사랑하는 게 어떤 건지 쉽게 이야기해줄까요? 나보고 '뚱뚱하니까 살 좀 빼라'는 친구랑 다시는 놀지 마세요. 나보고 '너 얼굴이 왜 그렇게 크니?' 하는 친구랑 다시는 만나지 마세요. '너 다리 굵어'라고 하는 친구랑 말도 섞지 말라고요. 이게 나를 사랑하는 방법이에요."

휴대전화를 만지작거리고 졸기도 하고 떠들던 아이들이 이쯤 되면 눈을 번쩍 뜨더라. 그러고는 막 웃는 거야. 어이가 없다는 듯이. 그러나 나는 알지. 그 말 어딘가에 아이들의 귀를 기울이게 하는 진실이 숨어 있다는 것을, 그것이 아이들을 눈뜨게 했다는 것을. 우리 유전자 혹은 우리 영혼은 무엇이 옳은지 사실 늘 알고 있거든.

"새로 머리를 자르고 학교에 왔는데 '어머 너 머리 어디서 잘랐어?' 이러면서 키득거린다든지, '대박이다!' 이러면서 경멸하며 웃는 진구는 이제 더 이상 친구라고 부르지 마세요"라고도 아이들에게 나는 말했어.

엄마는 이렇게 생각해. 너는 그런 친구들과 어울리면 안 되고 이런 친구를 만나야 한단다.

"물론 패션모델처럼 생기지는 않았지만, 너는 참 건강하고 아름다워. 네 얼굴이 뭐가 크다고 그러니? 너는 얼굴 작은 타조가 예쁘니, 얼굴 큰 수사자가 예쁘니? 어떤 사람들은 타조가 예쁘다고 할 수도 있지만 나는 얼굴 큰 수사자가 더 멋있어."

이런 말을 하는 친구 말이야.

만일 어떤 친구와 만나고 집으로 돌아와 거울을 보는데 네 뺨이 싱싱하게 보이고 눈이 반짝이면서 아름다워 보이고 '이 정도면 어디 내놔도 괜찮지?' 하는 생각이 들고 왠지 책상에 앉아 차분히 일기라도 쓰거나 좋은 책을 읽고 싶어진다면, 그런 친구는 만나거라. 그런데 만나고 돌아오는 길에 왠지 화가 나고 아이스크림, 짜장면, 라면, 불닭볶음, 이런 게 막 먹고 싶어지면서 오늘따라 내가 왜 이렇게 밉지, 하는 생각이 들거든 그 친구하고의 만남을 자제하거라. 이게 엄마가 네게 줄 수 있는 인생 선배로서의 가장 단순한 충고야.

　너 자신을 사랑하라고 엄마는 너에게 다시 말한다. 너무도 중요한 이 명제. 아침에 일어나서, 일을 마치고 집으로 돌아와서, 아무도 없는 휴일에도, 너 자신에게 가장 아름답고 좋은 옷을 입혀주거라. 드레스와 명품으로 네 몸을 휘감으란 말이 아니라는 것은 당연히 알겠지? 무릎이 나오고 고무줄이 하염없이 늘어나는 낡은 트레이닝복은 이제 쓰레기통으로 보내거라. 그날의 네 일상에 알맞은 복장을 가장 아름다운 것으로 고르고 양말까지 색깔 맞춰 신고 청결하게 하고 머리를 드라이어로 잘 다듬어라. 언제 어디서든 사람은 자기 자신의 몸을 돌보아야 해. 이것이 자신을 사랑하는 또 하나의 시작이다. 이것은 외모 지상주의가 아냐.

　엄마가 좋아하여 늘 끼고 읽는 빅터 프랭클의 책《죽음의 수용소에서》(오스트리아의 정신과 의사로서 아우슈비츠에서 살아남은 그가 남긴 책 말이다)를 보면 그런 말이 나와. 28명 중 1명꼴로 살아남은 그 모진 곳에서 그는 어떤 사람이 살아남는가를 분석했다. 물론 그는 살아남기 위한 첫 번째 조건으로 운 혹은 신의 가호를 들었어. 이건 그의 겸손이지. 두 번째는 삶의 의미, 즉 왜 자기가 살아 있어야 하는지 아는 사람, 그리고 마지막으로 자기 자신의 존엄을 지키는 사람을 들었단다.

자기 자신의 존엄을 지키기 위해 그는 매일 아침 면도를 했다고 한다. 면도…… 그래, 그게 그를 살렸다는 거야. 설마 아우슈비츠에 거울이 있고 반짝이는 흰색 도기의 세면대가 있었다고 생각하는 것은 아니겠지? 아우슈비츠는 수용소야. 어제의 동료가 옆자리에서 죽어 나가면 다른 동료가 그 주검을 질질 끌고 가는데, 계단에 이르면 끌고 가던 주검(어제까지 그 주검은 그와 함께 웃으며 빵을 먹었다)의 머리가 탁탁 계단참에 부딪히다가 톡 잘려버리는 것을 보면서 점심으로 배급받은 딱딱한 빵을 씹어야 하는 그런 수용소 말이야.

그는 사금파리 조각을 하나 주워서 주머니에 넣어놓고 식판의 겉면에 자신을 비추어보며 면도를 했다고 해. 나치는 유대인들에게 스스로를 인간으로 느끼지 못하도록 번호표로 낙인을 찍고 그들을 돼지라고 불렀지만, 유대인들은 세수는커녕 이를 닦을 시간도 없었지만, 그는 왠지 자기 자신에게 무언가를 해주어야 한다고 생각했다는 거야. 어떤 방법으로도 나치가 빼앗아 가지 못하는 게 하나 있는데 그는 신이 우리에게 부여해준 존엄이라고 생각했대. 그리고 그는 그 방편으로 면도를 했다는 거야.

그는 자기 자신이 존엄한 인간임을 잊지 않기 위해 그것을 했는데, 나중에 보니 그것이 실제로도 효과를 발휘했다는 것을 깨달았다고 했다. 나치는 노동력이 되지 않는 사람들을 늘 가스실로 보내버렸는데, 면도한 그의 얼굴은 심지어 병이 들었을 때도 스스로를 돌

보지 않고 면도도 하지 않은 덥수룩한 다른 이들보다 상대적으로 건강해 보였다니까 말이야. 그러나 그가 말하지 않은 행간에서 나는 이런 걸 읽었다. 그 엄혹한 죽음의 순간에도 하늘이 그에게 부여한 스스로에 대한 존엄으로 빛나는 그를 해칠 사람이 누가 있었겠니? 자유로워 보이지만 나치들 역시 히틀러의 노예일 뿐, 아니 히틀러도 자신도 모르는 악의 노예일 뿐, 노예는 감히 자유인을 어쩌지 못한단다.

거리 두기, 어렵지만 연습해야 해

이야기가 너무 많이 나갔나? 엄마가 만나지 말라는 친구가 친구가 아니라 그 누구라도 이 이야기는 적용된다. 그게 애인이든, 그게 형제든, 그게 심지어 부모라도 말이야. 어렵지. 친구는 조금 거리를 두고 만나지 않으면 되지만 가족은 어떻게 하느냐고? 연습을 해야 해. 거리를 두는 연습. 침묵하고 말을 적게 하고 정서적으로 훌쩍 거리를 두어야 한단다. 지금 엄마는 가끔 버릇없이 구는 내 아이들에게도 그렇게 해야 한다고 생각해. 어려운 일이야. 그러나 하지 않으면 안 되는 일. 만일 하지 않으면 그들은 한없이 고약해진단다. 우리가 그걸 허용하고 방치하고 심지어 조장한다는 죄를 깨달아야 한다는 거다.

너는 네 인생의 주인이야. 길거리에 서서 네 인생을 구경하며 누가 너를 조롱하고 모욕하는 것을 내버려둬서는 안 된다. 그러니 힘을 내자. 이런 날 안심스테이크 어때? 와우! 그래 비싼 그 요리를 먹자(집에서 해 먹으면 생각보다 많은 비용이 들지 않아). 등심도 상관없지만 안심이 난 더 좋아. 일단 기름기가 적고 양이 적당하니까. 아무튼 둘 다 오케이!

마트나 정육점에서 고기를 3센티미터 혹은 그 이상 두툼하게 썰어달라고 해라. 한 조각이면 보통 한 끼가 가능해. 여유가 있으면 몇 조각 더 사서 얼려두었다가 친구가 오면 이 요리를 내놓아도 훌륭하지. 고기 조각은 상온에서 최소한 1시간 이상 있어야 해. 그러면 고기가 부드러워진단다. 나중에 냉동고에서 꺼내 요리를 할 때도 이건 굉장히 중요하다. 고기의 부드러운 식감이 스테이크를 먹는 즐거움을 주니까 말이야.

고기를 집으로 가지고 와서 약간 오목한 접시에 놓고 엑스트라 버진 올리브유를 듬뿍 뿌려라. 식물성 기름은 다 좋긴 하지만 올리브유가 특히 좋아. 엑스트라 버진이 없으면 그냥 올리브유도 훌륭해. 기름은 기름으로 제거되는 것, 식물성 기름은 나쁜 동물성 지방을 제거해주는 역할을 해.

여기에 후추를 뿌리고(소금은 고기를 구울 때 뿌려. 안 그러면 고기가 질겨진단다) 혹시 있다면 로즈마리·오레가노 등등 허브나 허브 말린 것도 뿌려놔. 없으면 패스. 고기를 한 30분 이상(냉동고에 들어갔다 나온 고기는 3시간 이상) 재어놓았다가 프라이팬을 뜨겁게 달군 후 중불로 줄이고 달궈진 프라이팬에 올리브유를 두르고 재워놓은 고기를 올려. 이때 소금을 약간 뿌린다. 한 면이 익으면 뒤집고 그것도 익으면 끝(이 정도 익을 때 걸리는 시간이 보통 5분 안쪽이야. 이렇게 하면 스테이크의 익힘 정도가 레어나 미디엄 레어쯤 되지. 스테이크를 즐겨 먹는 사람은 당연히 여기서 끝인데 날고기에 거부감이 있다면 조금 더 익혀. 굽는 중간에 고기 가운데를 잘라봐서 빨간 고깃살이 희미하게 흔적을 남길 정도면 된단다. 이게 웰던. 더 익히면 질겨져서 맛이 없어)!

우아하게 음미하며 귀하게 대접할 것

샐러드나 감자가 있어 곁들이면 일류 레스토랑이 부럽지 않겠지. 그러나 없어도 괜찮아. 우리에게는 1년 사시사철 샐러드를 대신할 훌륭한 김치가 있지 않니? 커다랗고 깨끗한 접시(여기서 포인트는 '커다랗고'에 있어. 언제나 커다란 접시에 음식을 조금 담아 내거라. 백화점에 가봐. 옷들이 수북이 쌓여 있다면 아무리 명품이라도 그저 그렇게 보이지만, 커다란 부티크 쇼윈도에 딱 한 벌 걸려 있다면 싸구려 티셔츠도 명품

커다랗고 깨끗한 접시에 스테이크를 담고

김치를 어떤 샐러드보다 예쁘게 곁들여.

그리고 나이프와 포크를 놓고 먹기 시작한다.

겨자나 스테이크 소스가 있다면 좋겠지. 없어도 괜찮아.

그저 고기의 맛을 음미하는 것도 좋고,

또 김치는 그 모든 것을 대신할 소스이니까.

처럼 보이는 것과 같은 이치!)에 스테이크를 담고 김치를 어떤 샐러드보다 예쁘게 곁들여. 그리고 나이프와 포크를 놓고 먹기 시작한다. 겨자나 스테이크 소스가 있다면 좋겠지. 없어도 괜찮아. 그저 고기의 맛을 음미하는 것도 좋고, 또 김치는 그 모든 것을 대신할 소스이니까. 레드 와인이나 맥주, 소주를 한잔 곁들여도 좋아.

잊지 말아야 할 것은, 이곳이 이 세상에서 가장 귀한 레스토랑이라고 생각하고 혼자서 가장 우아한 포즈로 먹는 것. 그리고 우아하게 생각하는 거야. 나는 귀한 사람이고 당연히 그런 대접을 받아야 하고 말고.

이제 기분이 좀 나아졌니? 너는 너무도 훌륭하고 값비싼 음식을 먹었어. 그에 맞는 밤을 맞이하거라. 세상에서 제일 훌륭한 오늘 밤을 만들어보기. 독서든 일기든 춤추기든 아무튼 멋지고 훌륭한 밤을!

그래서가 아니라
그럼에도 불구하고 어른이 되는 거야

복잡하고 어렵지만
그럼에도 불구하고 애플파이

엄마가 늘 이야기하지만 세상에서 제일 훌륭하다고 하는 분들의 특징 중 하나는 참으로 단순하다는 것이다. 엄마는 개인적으로 "나는 생각이 많다"라든가 "나는 머리가 좀 복잡한 사람이야"라고 하는 사람을 별로 좋아하지 않는다. 왜냐하면 그들이 실제로는 생각이 별로 없다는 것을 알고 있어서 그래.

생각은 원래 끝까지 하고 나면 절대로 복잡하지 않다. 생각이 복잡해 보이는 건 생각의 도중에 있어서 아직 문제만 열거되었을 때 그러는 거거든. 생각은 끝까지 밀어붙여놓고 나면 의외로 단순해져. 그래서 나는 생각이 많다거나 나는 머리가 좀 복잡하다거나 그런 말을 자주 하는 사람일수록 생각을 하는 척만 하고 있기에 사실은 좀 피곤한 사람들. 게다가 자신들이 생각이 부족한 줄을 알기는커녕 생각 과잉이라고 은근히 자랑하기까지(생각 과잉이 왜 자랑거리인지 모르겠으나 아무튼 이런 사람들은 일단 그렇게 생각하는 것 같아) 하는 부류일 확률이 높지.

고매하신 스승님이나 세상의 현자 혹은 성자라고 불리는 많은 사람들의 표정을 보아라. 어린아이처럼 단순하지. 실제로 그들의 말도 그렇고. 너도 알잖아. 발표장에서 네가 정말 아는 것은 쉽게 설명

할 수 있으나 미처 다 파악하지 못한 것은 현학적으로밖에 묘사할
수 없는 걸 말이야.

마흔이 되기 전에 멈추어야 해

앞에서 엄마가 어묵두부탕 레시피를 알려주면서 '어린 시절에
받고 싶었던 것을 자신에게 스스로 해주는 사람이 어른'이라고 했던
말, 그 말이 너를 많이 힘들게 했다는 걸 엄마는 알 수 있었다. 누구
보다 엄마가 미안하고 미안하다.

오래전 어느 날 너와 다투면서 엄마가 이런 말 했었지.

"그래 미안하다. 평범하고 행복한 가정에서 너를 키우지 못해
미안해. 하지만 엄마가 너를 골탕 먹이기 위해 일부러 그런 것도 아
니고 엄마도 인생이 뭔지 잘 몰라서 그랬어. 엄마 인생도 네 인생만
큼 충분히 골탕 먹은 인생이야. 그러니 네가 화를 풀어줘."

또 이런 일도 있었지. 네가 스물한 살 때였던가? 한번은 네가 엄
마에게 불만을 이야기하다가 대꾸하면서 "엄마는 내 마음 몰라. 엄
마의 엄마는 이혼도 안 했잖아." 그때 엄마가 정색하고 대답했던 거
생각나?

"맞아, 몰라. 하지만 이제는 내가 네 마음을 더 알 필요가 없는

거 같아. 그러니 네 마음 잘 아는 네가 널 달래며 살아."

그러자 너무도 놀라 눈을 동그랗게 뜨던 네 모습, 아직도 기억나는구나. 네가 항의하듯 물었지.

"엄마, 어제까지만 해도 내가 이런 말 하면 '그래 엄마가 미안하다. 엄마가 잘못했다' 이랬잖아. 그런데 왜 갑자기 태도를 바꿨어?"

내가 말했다.

"왜냐하면 네가 지난 주일에 첫 선거를 했고, 너는 이제 어른이기 때문이야. 너 마흔 살이 되어서 무슨 일이 생기면, 그건 제가 불행했고 우리 엄마 아빠가 이혼했기 때문에 그래요, 하고 말할 테냐? 아니지? 그럼 마흔이 되기 전에 너는 그걸 멈추어야 하는데 공식적으로 성인이 된 지금이 딱 그 시기인 거지."

어이가 없다는 듯 벌려진 네 입이 다물어지지 않았고, 엄마는 그 뒤로 약속대로 '엄마 잘못이야'라는 말을 멈추었어. 신기하게도 너 또한 그런 핑계를 멈추었다.

엄마는 사실 숨죽이며 바라보고 있었거든. 네가 힘들다는 거 알고 있었단다. 그러나 대견하게도 넌 이겨냈어. 이후로 어떤 어려운 일이 닥쳐도 엄마에게 "엄마 아빠가 그래서 내가……"라는 말을 한 번도 쓰지 않았단다. 고마운 위녕, 그때 엄마는 네가 어른이 되었다는 것을 알았다. 초보이지만 그래도 어른 말이야. 그래, 우리가 성장했다는 표시 중 하나가 바로 그거야, '그래서'가 아니고 '그럼에도 불

구하고'.

한 살 이상의 아이들이 싸울 때 그 이유는 모두 똑같단다. 이유는 단 하나, "나는 가만있는데 저 애가 먼저 그랬어요!"이지. 모든 친구들과의 싸움, 부부 싸움, 고부 싸움, 지역 갈등, 아니 전 세계의 모든 전쟁의 원인도 실은 하나이고 이것의 변주이다. "나는 가만있는데 (혹은 그러고 싶지 않고 그러지 않으려고 노력했으나) 쟤가 먼저 그랬어요!"

만일 상대방의 방법이 과격하고 잔인하다면 나의 행동 범위는 아주 넓어진다. "내가 원래 이런 사람은 아니지만 그렇게 나온다면 나도"라는 조건 절 아래서 인간이 하지 못할 짓이란 없는 듯도 보인다. 어떤 때는 저 사람 저런 공격성을 감추고 어떻게 살았나 싶어지기까지 한단다. 엄마? 부끄럽게도 내가 그 분야의 대표 선수였고 말이야.

왜 공부하지 않느냐? 왜 일하지 않느냐? 왜 건강에 나쁜 그것들을 하느냐? 이것들에 대한 대답도 마찬가지야. 수만 개의 단어가 동원되지만 결론은 하나야. '그래서'. "나는 그러고 싶은데 부모가, 세상이, 직장 상사가, 시어머니가, 아이들이…… 그래서 나는 못한다."

이런 말을 하는 동안 왠지 마음이 아파지는구나. 창밖의 바람도 차갑고 말이야. 그래서, 오늘은 '그럼에도 불구하고 애플파이'를 구워보자. 애플파이를 내가? 이렇게 생각하지 말고 말이야. 애플파이는 복잡하고 어렵지만 뭐 안 될 것은 없어. 엄마가 가르쳐주는 레시피는 늘 단순하잖아. (으쓱해지네.) 이거 세상에서 제일 간단한 애플파이 레시피야. 언제나 엄마가 말하지만 어떤 일에든 하지 못할 이유는 9999가지, 할 수 있는 이유는 딱 하나이지. "하면 되니까".

육체를 먼저 보살펴야 한다

적당한 크기의 사과를 1개 4등분으로 잘라. 4등분한 사과를 다시 5밀리미터 정도로 얇게 썰어서 그라탱 그릇 같은 것(없으면 수프가 담길 정도의 오목한 접시)에 얇게 펴서 깐다.

국그릇보다 살짝 큰 접시의 경우 사과 1개 정도가 좋아. 여기에 계핏가루를 솔솔 뿌리면 더 좋지만 없으면 패스.

깨끗한 비닐봉지에 밀가루를 수북하게 두 숟가락, 버터를 수북하게 두 숟가락(한 숟가락 더 넣어도 맛이 아주 좋아), 설탕을 수북하게 두 숟가락 붓고 봉지째 조몰락조몰락 버무려봐. 손의 체온으로 버터가 녹아서 밀가루에 스며들고 신기하게 설탕도 녹는단다. 이걸 아까 썰어놓은 사과 위에 솔솔 뿌리듯이 펴서 올려. 끝!

놀랐지? 엄마가 하나 마련해놓으라는 오븐 토스터를 220도로 예열했다가 이걸 그릇째 넣어. 한 15분 가열하면 완성이야. 버터가 녹아내리고 사과가 노릇노릇해서 더 놔두었다가는 타겠다 싶을 때 꺼내면 돼. 으음, 달콤한 사과에 버터가 녹아내린 소보로빵을 먹는 듯한 맛? 뜨거울 때 먹으면 정말 맛있단다.

휴일 오후 이걸 오븐 토스터에 넣어놓고 15분 정도 간단히 청소를 하거나 샤워를 하고 나서 꺼내 먹으면…… 아아, 남부럽지 않은 삶임을 느낄 거라고 보장할 수 있단다. 게다가 집 안에 퍼지는 버터와 사과 혹은 계피의 내음이라니……. 일류 브런치 레스토랑이 부럽지 않을 거다.

다 익은 애플파이는 따뜻한 차나 커피와 먹어라. 엄마가 늘 말하지만 휴일이라고 해서 잠에서 막 깬 듯 후줄근한 원피스나 트레이닝복 차림이어서는 안 돼. 가장 예쁜 옷을 입어라. 내일은 또 내일에 어울리는 예쁜 옷을 입으면 되니. 청바지에 흰 셔츠도 좋고 스커트에 스타킹을 신어도 좋아. 드라이어로 머리도 단정히 하고 있어라.

다시 말하지만 육체를 보살펴야 한다. 네 육체에게 좋은 것을 먹이고 좋은 것을 입히고 좋은 말을 들려주고(책으로라면 더 좋지) 좋은 향기를 맡게 해주어라. 해도 해도 지나치지 않은 말, 나를 사랑하는 것은 바로 내 몸에서부터 시작해야 해. 정신도 당연히 중요하지만 정신과 육체가 둘이 아니고, 그리고 정신보다 육체를 위하는 게 효과가 빠르고 좋으니까.

자, 이제 거울을 보렴. 네가 제일 좋아하며 오늘 너를 가장 돋보

뜨거운 애플파이를 호호 불어 먹고

뜨거운 차를 첫 모금 마신 뒤 너는 생각하게 될 거야.

아아, 좋은 일이 생길 것 같다!

그러고는 생각이 아니라 천천히 느끼게 될 거야.

이게 해줄 옷을 입었니? (드레스 혹은 비싼 걸 입으란 이야기가 아닌 것은 당연히 알겠지? 그냥 지금 이 순간 네가 제일 예뻐 보이고 청결해 보이는 그런 옷을 입는 거야.) 그리고 눈을 한번 크게 뜨고 좋은 생각을 한 뒤에 커다란 접시에(앞에서 이야기했지? 이것의 중요성을) 애플파이 한 조각을 올리고 네가 제일 좋아하는 찻잔에 차를 따른 뒤 차와 함께 먹어보자.

뜨거운 애플파이를 호호 불어 먹고 뜨거운 차를 첫 모금 마신 뒤 너는 생각하게 될 거야. 아아, 좋은 일이 생길 것 같다! 그러고는 생각이 아니라 천천히 느끼게 될 거야. 네가 어떻게 자랐든, 네 부모가 너에게 무엇을 했든, 네 학력이 어떻든, 체중이 얼마든, 이 세상이 얼마나 개떡 같든, 그럼에도 불구하고 오늘! 나는 귀하고 품위 있고 좋은 삶을 살겠다고 결심하게 될 거야.

한번은 시들고 한번은 완전히 죽는다

죽음을 위로해준 고마운 친구들과 먹는
훈제연어

사실 요즘 부쩍 죽음을 생각한단다. 주변의 엄마 또래 혹은 엄마보다 젊은 사람들의 죽음 때문일까. 아니면 요즘 들어 부쩍 많아지는 지인들의 부고 때문일까. 아니 어쩌면 가을이기 때문일 거다. 우주 모든 만물이 한번은 시들고 한번은 완전히 죽는다는 것을 말해주는 계절이기 때문에. 그러던 요즈음 너와 나에게 다시 죽음의 소식이 도착했다.

아마 8년 전 요맘때 고양이 코코가 죽었지. 우리 집에 온 지 한 달도 안 되었던 주먹보다 조금 큰 회색빛 고양이. 눈이 아주 새까맣고 또랑또랑했던 코코.

고양이 한 마리만 키우게 해달라고 엄마에게 애원하던 네게, 나는 오히려 한 마리 더 분양받자고 말했단다. 그건 네가 어떤 고양이를 키울까 하고 여러 고양이들을 살피며 두리번거리는 동안 엄마가 그만 그 조그만 회색의 생명 덩어리와 눈이 마주쳐버렸기 때문이다. 단 한 번의 눈길로 나는 그녀에게 매혹되었지. 그때 너는 다른 고양이 라떼를 선택했어. 우리는 고양이를 한 마리씩 안고 집으로 돌아왔단다. 그리고 한 달 후 코코가 죽었다. 그때 여고생이던 네가 얼마나 슬퍼했는지 엄마는 안다. 그리하여 네게는 라떼가 남겨졌단다.

　　페르시안 고양이 라떼. 위녕, 네가 혹시 싫어할 말인지도 모르지만 라떼가 그리 어여쁜 고양이라고 할 수는 없었단다. 그런데 엄마는 안다. 너와 라떼 사이에는 무언가 아주 특별한 것이 흘렀다는 것을 말이야. 그리고 네가 얼마나 라떼를 사랑했는지 말이야.

　　너는 말했어. "라떼는 세상 어떤 고양이보다 예뻐."

　　위녕, 솔직히 내 생각에 라떼는 세상 어떤 고양이보다 분명 예쁘다고 할 수는 없다. 하지만 라떼는 세상 어떤 고양이보다 조용했고 어떤 고양이보다 내성적이었고 어떤 고양이보다 민감했고 어떤 고양이보다 연약했다. 생각해보니 라떼가 거의 10년을 우리와 함께 살아주었구나. 그 민감한, 그 끔찍하게 예민했던 신경을 견디며 말이야.

　　며칠 전 엄마가 출판사에서 회의를 하고 있을 때 엄마의 전화기에 이런 문자가 찍혔지.

　　"엄마, 라떼가 죽었어."

　　무심히 들여다본 전화기를 보고 숨이 확 멎는 것 같았어. 솔직히 그건 기습 같았어.

　　뭐라고 말할 사이도 없이 네 문자가 이어졌다.

　　"엄마, 우리 집으로 와줘."

이걸 어떻게 설명해야 할까. 순간 내게는 네가 아주 조그만 여자아이같이 느껴져서 그 자리에서 벌떡 일어나 네게로 달려가야 할 것 같은 충동을 느꼈다. 아주 순간적이고 어이없는 생각이었지만 왜 생명을 죽게 해서 우리 딸을 상처 입히는지 하느님이 막 미워지려고도 했고, 마음속에서 울부짖음처럼 "아아, 더 이상 상처받지 않게 위녕, 이제 살아 있는 것은 그게 무엇이든 곁에 들이지 말기로 하자" 뭐 이런, 아주 쉽고 얕은 생각의 편린들이 살 속 여기저기를 쑤시며 돌아다녔다.

하지만 나이가 든 탓인지 나는 그 순간을 견디며 숨을 한번 크게 쉬고 단전에 힘을 꽉 주었단다. (이 쉬운 행동을 네게 권한다. 내공이 쌓인다는 것은 뭐냐면 그나마 이럴 때 이 쉬운 행동이 머릿속에 떠오른다는 거야. 내공이 없으면 이 쉬운 행동이 떠오르는 것은 어림도 없으니까.) 그러자 네가 벌써 스물하고 일곱 살이나 먹은 성인이며, 이 세상 모든 것들은 죽는다는 걸 깨달았지. 상처받지 않기 위해 생명을 멀리한다면 내 생명까지 멀어질 거라는 진리도 떠올랐다. 그래, 그런 생각이 들었어. 만일 라떼가 숨이 꼴딱거려 네가 병원에 달려가며 엄마를 찾는다면 내가 빨리 달려가야 하는 게 맞다고. 그런데 이미 죽었다면 내가 급히 가야 할 일이 아니라고 말이야.

성경 속 인물 중에서 가장 지혜로웠던 솔로몬의 아버지 다윗은 자신의 불륜으로 태어난 아이가 사경을 헤매자 당장 옷을 찢고 머리

에 재를 쓰고 울며 단식을 하지. 아이가 죽자 신하들은 다윗에게 이 소식을 전하지 못했어. 신하들은 생각했지. '아이가 사경을 헤매는 데도 저렇게 슬퍼하시는데 만일 죽어버린 걸 안다면 저분은 아마 돌아가실지도 모른다' 하고. 그러나 웬걸, 막상 아이가 죽었다는 것을 알자 다윗은 자리에서 일어나 목욕을 하고 기름을 바르고 맛있는 걸 차려 내오게 하여 먹는다. 그러고 말하지. "혹시 하느님께서 나를 불쌍히 여기셔서 아이를 살려줄까 했는데 이제 아이가 세상을 떠났으니 내가 그리 갈 수는 있으나 그가 다시 이리로 올 수는 없다. 자, 먹고 마시자."

나는 이 사람에게서 가장 지혜로운 왕의 아버지다운 면모를 보았단다. 자신의 불륜 탓에 아무 죄도 없이 태어난 아이가 죽는데 왜 죄책감이 없었겠니? 그가 거기서 더 재를 뒤집어쓰고 더 단식을 하며 쓰러지기라도 했다면 그건 아마도 그저 그런 삼류 드라마가 되었을 거야.

그러나 그는 거기서 생명을 좌지우지 못하는 것은 물론, 이미 저지른 자신의 죄까지 어쩌지 못하는 인간의 한계를 분명히 깨달은, 겸손한 인간의 가장 지혜로운 태도를 취한다. 그건 흘러가버린 것에 용서를 빌고 지금 이 순간을 다시 시작하는 거지.

그때 다시 너의 문자가 도착했다.

"엄마, 혹시 몰라 말하는데 나 괜찮아. 슬프지만 못 견딜 정도는 아니야. 그냥 엄마가 곁에 있었으면 해서 그래. 만일 바쁘면 천천히 와도 괜찮아."

생각보다 너는 아주 침착했다. 오히려 눈물을 많이 흘린 것은 나였지. 널 꼭 껴안아주고 우리는 따뜻한 사케를 마시러 갔어. 내 손에도 네 손에도 이미 차가워진 따뜻했던 고양이의 감촉이 남아 있었기 때문일 거야.

그날 밤, 네 친구들이 페이스북으로 전해진 라떼의 소식을 듣고 네게 모여들었다고 했다. "엄마, 이 고마운 친구들에게 뭐 해줄까?" 네가 묻기에 엄마는 대답했지. 그 고맙고 좋은 친구들과 함께 먹는 요리? 그건 훈제연어.

친구들을 위한 고마운 요리

훈제연어는 엄마가 친구들하고 제일 많이 먹었던 요리야. 재료는 냉동실에 준비해둔 훈제연어 1팩, 레몬 1개, 양파 1개, 그리고 너무너무 중요한 케이퍼. 케이퍼는 지중해 연안에서 자생하는 야생초 꽃봉오리 절임의 이름이야. 색깔은 녹두색 비슷하고 크기는 팥알보다 조금 작지. 이걸 식초에 절인 것을 병조림으로 판다. 인터넷으로 주문해도 되고 대형 마트에도 있어. 연어 요리에 이 꽃봉오리 조

림(아, 꽃봉오리로 만든 조림⋯⋯ 말이 참 예쁘지. 우리가 꽃봉오리를 먹다니)이 빠지면 연어 요리는 뭐랄까, 검은색 없는 짜장 같고 소시지 없는 핫도그 같을 거야.

훈제연어 레시피는 엄마의 다른 요리처럼 단순(!)하다. 갑자기 친구가 왔을 때, 다이어트는 하고 싶은데 입이 궁금할 때, 생선회 같은 게 먹고 싶으나 돈도 없고 싱싱한 생선도 없을 때, 특히 엄마는 외국 여행 중(혼자 여행할 때, 서양엔 이 네 가지 재료가 없는 나라가 없어) 호텔 방 안에서 늘 이걸 먹곤 했어. 자, 이제 차근차근(이랄 것도 없이 간단한) 접시를 차리자.

우선 엄마가 늘 이야기한 커다란 흰색이나 검은색의 도자기 접시를 준비한다. 양파를 가늘게 채 쳐서 접시에 납작하게 깐다. 냉동실에서 꺼내 미지근한 물에 담가 녹인(전자레인지는 절대 안 돼. 차라리 약간 언 채로 있어도 괜찮아) 연어를 꽃처럼 예쁘게 펼쳐놓는다. 그 위에 레몬즙을 듬뿍 뿌린다. 그리고 병 속에서 케이퍼를 꺼내 마치 연분홍 꽃 위에 드리워진 작은 나무 이파리들처럼 후드득 뿌린다. 끝!

어릴 때 엄마는 이걸 명절날 식구들이 모였을 때 전채 요리처럼 먹었어. 회를 유독 좋아하는 우리 집 식구들은 명절 때 서울에서 마땅한 회를 구하기 힘들었기에 이 요리를 먹었지. 그때는 훈제연어도 케이퍼도 참 구하기 힘들었지만 말이야.

이 요리의 강점은 엄청나게 많은 변주가 가능하다는 거야. 우선 기본 세팅(이것만으로도 아주 훌륭한 요리. 게다가 비주얼은 얼마나 좋은지)에 가장 먼저 곁들일 수 있는 부재료는 싱싱한 양상추. 양상추를 한입에 들어갈 만큼 잘게 손으로 찢어놓고 색색의 파프리카를 썰어 곁들여. 여기에 날치 알이나 연어 알, 혹은 그 비싼 캐비아를 곁들인다면 어른들을 초대했을 때 내놓아도 손색이 없단다.

아주 바싹 구운 토스트나 바게트 혹은 딱딱하고 달지 않은 비스킷을 곁들이면 완벽한 요리. 다시 마요네즈에 잘게 다진 양파를 넣은, 만일 더 여유가 있다면 검은 올리브(그린 올리브도 괜찮아)를 다져서 마요네즈에 버무린 소스를 예쁜 종지에 넣어 곁들이면 사람들은 묻곤 하지.

"어머, 이 맛있는 소스는 대체 뭔가요?"

술은 위스키, 소주, 화이트 와인, 샴페인 다 좋단다. 물론 막걸리나 청주도, 사이다나 과일즙을 넣은 탄산수도 아주 좋아.

억지로라도 웃어야지

위녕, 다음 날 엄마의 정원에 묻으려고 라떼를 데려온 네가 했던 "엄마, 친구들과 정말 맛있게 잘 먹었어" 말보다 더 기뻤던 건 너의 표정이었다. 너는 이제 죽음을, 별리別離를, 꽃이 피고 낙엽이 지는 삶의 한 부분으로 받아들일 만큼 성숙해 있더구나. 그리고 네가 덧붙였던 말.

"엄마, 슬펐는데, 많이 울 줄 알았는데 친구들 때문에 억지로라도 막 웃고 나니까 신기하게 덜 슬퍼."

그래, 육체는 그토록 영혼에 중요하단다. 실제로 웃는 근육을 많이 쓰면 뇌는 슬픔을 둔하게 느낀다고 해. 우리 조상들이 초상집에서 일부러 화투를 치고 우스개 연극을 하고 왁자하게 술판을 벌였던 것은 얼마나 지혜로운 일이었는지.

실제로 '외상 후 스트레스 증후군'의 간단한 치료법이 얼마 전에 소개된 적이 있었지. 그건 그 증상의 원인이 된 사건을 연상시키는 사진이나 동영상을 보면서 눈동자를 좌우로 움직이는 거래. 너무 간단한 방법이어서 의사들도 처음에는 반신반의했는데 나중에 이게 엄청난 치료 효과를 보였다는 거야. 렘수면 중에 우리 뇌가 깨어 있는 동안의 정보를 처리하고 말하자면 상처를 치유하는데, 이 렘수면 동안 우리 눈동자가 좌우로 움직이는 것에 착안한 것이라고 하더라.

그러므로 네 몸을 소중히 여겨야 한다. (음, 이야기가 왜 이리로 튀는지 모르지만 아무튼) 특히 섹스도 마찬가지야. 성性이라는 것은 가장 소중한 네 몸의 일부. 절대로 함부로, 그 일부라도 함부로 다뤄서는 안 된다. 엄마가 늘 말하지만 너는 너무도 소중하니까.

위녕, 네가 가고 난 뒤, 밤비가 내린다. 엄마는 우산을 쓰고 라떼가 묻힌 정원 구석을 잠시 거닌다. ……잘 자거라. 나의 딸.

• 여섯 번째 레시피 •

너는 네 자존심보다 중요하다

모든 게 잘못된 것같이 느껴지는 날,
꿀바나나

엄마도 알아. 그런 날이 있다는 것을. 모든 것이 처음부터 돌이 킬 수 없을 정도로 망쳐져 있는 것만 같이 느껴져서, 다시 태어나기 전에는 이 모든 일이 하나도 수습되지 않을 듯한 날이 있다는 걸 말이야. 주변 사람들은 모두 이기적이거나 사기꾼, 적어도 남의 이익을 부당하게 취하려는 나쁜 사람들 같고 유리창 너머 저쪽에는 행복의 나라가 있는데 나 혼자만 유리창 밖에서 모든 찬 바람이란 바람은 다 맞고 있는 것 같은 그런 날.

생각을 멈추고 느껴봐

이런 날, 내 푸념과 내 이야기를 다 들어줄 수 있는 친구를 만나면 좋겠지만 하필이면 이런 날은 친구들도 다 약속이 있어 지네들끼리 저 유리창 안쪽으로 몰려가버린 듯한 게 인생의 법칙이란다. 법칙? 그래 이런 게 법칙이야. 말하자면 이런 거 있잖아. 약속이 없는 날은 차도 안 밀리고, 남자 친구와 결별한 다음 주말엔 꽃도 피고 날씨도 화창하고, 뭐 이런 거…….

이런 날 엄마가 가장 권하는 것은 천연 라벤더 에센셜 오일을 넣어 만든 향초야. (인공은 안 돼. 천연이어야 해.) 라벤더는 전에도 말했다시피 진정 작용을 해. 우울한데 무슨 진정이냐고? 우울하면 기분이 가라앉는 듯하지만 실은 우울이라는 느낌 자체가 분노의 억압이기에 강하게 우울하다는 것은 강하게 분노가 치솟고 있는 아주 흥분된 상태라고 할 수 있지. 그 분노가 무엇일까? 우선은 분석하려고 하지 말자. 이런 때 엄마라면 집으로 가는 길에 목욕탕에 들러 때를 밀거나 집에 와서 뜨거운 물을 받아(욕조에 받으면 좋겠지만 요즘은 욕조가 없는 집도 많으니 커다란 대야에 뜨거운 물을 받아 의자에 앉아서 해도 훌륭해. 족욕 말이야) 조명은 어둑하게 하고 라벤더 향초를 켜.

네가 가장 좋아하는 음악을 틀어도 좋지. 너무 청승스럽지 않았으면 해. 말이 없는 클래식이 이럴 때는 좋더라고. 아니면 명상을 돕는 음악이면 더욱 좋지. 그리고 잠시 침묵 속에 앉아 있어라. 숨을 커다랗게 열 번쯤 쉬어봐. 네 몸 혹은 네 발가락 마디마디를 느껴봐. 그곳으로 감겨오는 따스한 물의 온도를 느껴. 생각을 멈추고 느끼라고.

숨을 다시 크게 들이쉬어봐. 코로부터 시작해서 목을 타고 내려가 갈비뼈 안쪽으로 내려가서 단전에 이르도록 숨을. 그때 네 속으로 이 우주의 가장 아름답고 활기차고 사랑스러운 에너지가 들어온다고 생각해. 거꾸로 숨을 천천히 내쉬어보렴. 단전에서부터 시작해서 갈비뼈 안쪽을 통과해 다시 목을 통해 코나 입으로 나오는 날숨을 느껴봐. 그것들이 나올 때 네 안에 있는 모든 더러운 감정을, 모든 나쁜 예감을 다 가지고 나간다고 생각해봐.

엄마가 늘 말하지만 중요한 것은 우선 몸을 돌보는 거야. 마음을 함께 돌보면 더 좋지만 그건 조금 천천히 하자. 더 쉬운 몸부터 시작하자고. 몸을 돌보는 것은 성형을 하거나 사치스러운 것을 몸에 휘감는 것이 아니야. (어찌 보면 그것들은 육체에 대한 학대일 수도 있다. 지나친 성형, 절제의 개념이 아닌 집착이 강한 다이어트, 과도한 코르셋 등등.)

날숨까지 느끼고 생각했으면 다음에는 꿀바나나를 먹어보자. 이런 날은 몸이 지쳐서 빨리 당분을 섭취하고 싶어지니까. 준비물은 바나나, 버터, 꿀, 그리고 계핏가루 약간.

우선 바나나 껍질을 벗긴다. (너무 당연하지만) 껍질 벗긴 바나나를 세로로 길게 자른다. 프라이팬을 중불로 데우며 버터를 크게 한 숟가락 떠서 녹인다. (다른 걸로는 그 맛이 잘 안 나고 버터가 좋더라고.) 세로로 길게 자른 바나나를 프라이팬에 굽는다. 뒤집어도 굽고 바나나가 대충 익으면 접시에 예쁘게 담아라. 여기에 꿀을 살살 뿌리고 계핏가루도 살살 뿌리면 끝!

언제나처럼 더 화려하게 하고 싶으면 전에 말한 아몬드 슬라이스를 곁들이고, 또 손님이 오시는 날에는 아이스크림을 크게 한 숟가락 같이 내면 레스토랑 디저트 느낌이 나기도 하지. 어때? 쉽지?

세로로 길게 자른 바나나를 프라이팬에 굽는다.

뒤집어도 굽고 바나나가 대충 익으면

접시에 예쁘게 담아라.

여기에 꿀을 살살 뿌리고 계핏가루도 살살 뿌리면 끝!

중요한 것은 맛을 느끼며 천천히 먹는 거야. 천천히 그것을 먹고 나면 우리 유전자는 실은 약간은 행복해한단다. 천천히 먹지 않으면 유전자가 단맛을 마약처럼 탐닉할 수 있으니 조심할 것. 천천히 즐기며 먹는다면 뇌도 기뻐할 거야. 먹으면서 엄마의 말을 들어보지 않겠니?

어른의 임무 하나, '가는 것'

데이비드 리코는 자신의 책 《사랑이 두려움을 만날 때》에서 이런 말을 했어.

"어른이 된 우리에게는 이제 두 가지 임무가 있다. 곧, 가는 것과 되는 것(to go and to be)이다. 성숙을 위한 첫 번째 임무는 도전, 공포, 위험 그리고 어려움에도 불구하고 가는 것이다. 두 번째 임무는 그것에 대해 인정을 받건 그렇지 않건 간에 단호하게 자신의 길을 가는 것이다. 인정은 다른 사람의 마음 안에 나의 투사(projection)가 함께 만나는 것을 의미한다."

가끔 엄마가 강연을 가면 여성들이 이런 질문을 해.

"결혼하고 아이를 낳고 나서 꼭 여자가 직업을 가져야 한다고 생각하세요?"

이런 질문은 남자는 절대 하지 않지. 그리고 이때만 해도 좀 한가한 시절이었던가? 지금은 이런 질문은 생각도 할 수 없을 정도로 먹고살기가 힘들어서 엄마가 된 젊은 여성들이 직업전선으로 뛰어들어야 하는 세상이니까 말이다. 그럴 때 나는 대답하곤 했어.

"생각하냐고요? 그런 건 생각하지 않아요. 다만 그렇게 되는 게 무슨 의미인 줄 알 뿐입니다" 하고 말이야.

그렇지, 이건 사고할 거리가 아니야. 이것은 그 의미를 이해하고 선택해야 하는 문제인 거야. 성인이 된다는 것은, (그게 여자든 남자든) 어른이 된다는 것은, 즉 너의 밥그릇과 전깃불과 목욕물과 전화비를 네 손으로 책임져야 한다는 것이다. 그런데 그 밥그릇을, 목욕물 데우는 연료를, 전화 비용을 내 손으로 해결하는 게 아니라 남의 손에 맡기겠다는 것은 네가 남의 지배하에 들어가겠다는 것을 의미한다는 말이야. 미성년이란 부모나 다른 보호자에게 그것들의 해결을 맡기는 것을 의미하지.

"밥도 하고 빨래도 하고 아기도 보는데, 이런 노동의 대가를 받을 뿐인데 무엇이 문제지요?"

이렇게 질문하는 사람들이 있다. 나는 노동을 하지 않는다고 말하지 않았어. 밥값을 남에게 지불하게 한다고 말했지. 나는 사회적 지불에 대한 문제를 말하고 있어. 네가 사회적으로 직업을 가지지 않겠다는 것은 이 모든 것을 남(편)에게 위임한다는 것을 의미한단다.

나쁘다고 이야기하는 것이 아니야. 그 의미를 정확히 알라는 것이야.

"유명한 스님께서 아이를 낳으면 3년은 돌보라고 하셨어요. 그런데 어떻게 해요?" 이런 질문을 하는 사람도 있다. 물론 아주 옳으신 말씀. 엄마도 전적으로 동의한단다. 그런데 그 스님이 3년 동안 아이를 정성을 다해 돌보라고 하셨지, 남은 네 생애를 몽땅 다 아이를 위해 보내라고 하시지는 않았지. 그리고 그 해결책은 그 스님이 가진 것도 엄마가 가진 것도 아니야. 극단적 헌신과 극단적 이기주의 사이 어딘가에 길이 있을 거다. 그 길이 모두 같은 것은 아니란다.

이것이 데이비드 리코가 말하는 '가는 것(to go)'일 거다. 이것은 늘 위험을 내포하고 있으나 어른이 된 네가 꼭 해야 하는 일이다.

어른의 임무 둘, '되는 것'

이제 되는 것에 대해 생각해보자. 엄마가 전에 이야기했지? 너보고 살 빼라는 친구를 멀리하라고. 너보고 "옷이 그게 뭐니?" 하는 친구를 멀리하라고. 다시 말해 너를 자존심 상하게 하고 너를 비참하게 하며 너를 자랑스럽지 않게 만드는 친구를 멀리하라고 말이야. 다시 설명하자면 이런 거야. 아직 검증되지 않은 세상의 가치를 네게 강요하는 친구를 만나서는 안 된다는 거.

"엄마, 그래도 그 아이에게 이런 좋은 점이 있어"라는 말은 하지 마라. 가까운 친구일수록, 혹은 애인이라면 더욱더 하지 마라. 인간은 생각보다 약해. 언제나 좋은 점보다는 나쁜 점이 먼저 우리에게 영향을 미친단다. 분뇨 냄새가 피어나는 헛간 같은 곳에 널 세워둔 사람이 네게 백합 다발을 내민들 무슨 소용이 있겠니? 결국 배어드는 것은 분뇨 냄새야. 세월이 지나 살아보면 살아볼수록 이건 자명해진다. 아무리 좋은 점이 많아도 나쁜 점이 치명적인 사람을 만나서는 안 돼.

엄마가 절대 만나지 않는 사람은 왠지 돌아서 오는 길에 기분이 더러워지는데 뭣 때문인지 잘 모르겠는 사람, 입만 열면 비관적인 소리가 쏟아져 나오는 사람, 뭐라 답하기 이상한 말을 늘어놓는 사람(예를 들면, 음담패설이나 뭐 그런 것을 늘어놓는 사람. 요즘에는 그것을 지성으로 포장까지 해가며), 또 인간에 대한 절망을 느끼게 만드는 사람 등등이야.

위녕, 내가 너보다 많은 것을 겪었고 내가 너보다 마음을 다스리는 법을 조금 더 알지만 이런 사람들은 아예 만나지 않는 게 상책이란다. 그런데 만일 네 상사가 그렇다면, 그리고 그 상사가 다른 곳으로 갈 확률이 제로라면 이직이나 독립을 고려해봐. 엄마가 늘 말하지만 너는 네가 버는 돈보다, 네가 겨우 얻은 커리어보다 중요하다. 언제나 가장 중요한 것은 너 자신이야. 너 자신이 얼마나 중요하냐면 가끔은 네 자존심을 완전히 버릴 만큼 중요하단다.

  사랑하는 딸, 꿀바나나는 설거지도 쉽지? 뽀독뽀독 씻은 그릇을 제자리에 돌려놓고 오늘 밤은 책이라도 한 권 펴보자. 가을이 깊어간다. 엄마에게 얼마나 많은 날들이 남아 있을지, 네게 얼마나 많은 날들이 남아 있을지 우리는 사실 모른다. 그러나 한 가지는 알 수 있지. 이 순간이 다시는 오지 않는다는 거. 이 순간을 우물우물 보내면 인생이 그렇게 허망하게 흘러갈 것이라는 거.

  오늘 밤을 잊지 못할 밤으로 만들어보지 않겠니? 그럼에도 불구하고! 그날 나는 라벤더 향초를 켰고 조용히 꿀바나나를 먹었고 책을 읽었다. 그렇게 아름답고 평화로운 가을밤이었다, 이런 일기를 쓸 수 있는 그런 밤으로.

만나지 말아야 할 세 사람

포틀럭 파티에 가져가는
브로콜리 새우 견과류 샐러드

언젠가부터 엄마는 연말에 모임에 가지 않아. 대개는 늘 보던 사람들이 괜히 또 모여서 술 마시기 겸연쩍으니까(실은 전혀 겸연쩍어하지도 않지만) 망년회, 송년회 등의 이름을 붙여 다시 모이곤 하는 거지.

한 해가 끝나는 12월에는 이상하게 마음이 들떠. 거리에서 반짝이는 것들이 너무 많아서인지도 모르지. 이런 때일수록 집에 일찍 들어와 검은콩과 현미로 지은 밥으로 소박한 저녁을 먹고 차분히 앉아 책이라도 펴고 싶어져. 더구나 12월에는 "선약이 있어요. 죄송해요. 다 약속으로 찼네요" 하는 말에 의심을 하거나 이의를 제기하며 토를 다는 사람이 거의 없어서 혼자 있기 아주 좋아. 물론 이건 거짓말은 아니야.

침묵해야 할 시간, 기도해야 할 시간, 독서를 마저 해야 할 시간, 한 해를 되돌아보며 긴 일기를 쓰는 시간, 그리고 소중한 가족과 좋은 텔레비전 프로그램을 보는 것으로 내 연말 스케줄은 꽉 차 있으니까 말이야.

그래도 살다 보면 가야 할 곳이 꽤 있긴 해. 어쩌면 가기 싫은 곳에 가야 할 때도 있지. 가끔 이럴까 저럴까 싶을 때, 엄마가 생각하는 기준 중의 하나는 "이것들 중 어떤 행동을 했을 때 내가 나 자신을 더 사랑하고 존중하며 내가 나로서 자부심을 가질 수 있을까?" 하는 거란다. 이제는 독립해 살고 있는 네게 다시 말하지만 "나 자신은 너무도 소중하니까" 말이야. 3분 정도만 잘 생각해봐도 너는 그 답을 알 수 있을 거야. 진정 무엇이, 어떤 곳에 있는 것이 너로 하여금 스스로를 더 대견하게 여기고 기쁘게 하며 자부심을 가지게 하는지 말이야.

포틀럭 파티 때 모두가 놀란 요리

자신을 소중히 여기는 것은 자기밖에 모르는 이기주의 혹은 자신의 입장에서만 모든 것을 바라보는 자기중심주의와는 아주 다른 거야. 정말로 자기를 소중히 여기는 자존감이 높은 사람은 사회적으로도 규범을 이탈하는 일이 거의 없어. 그런 사람들이 이웃도 돕는단다.

실례로 감옥에 있는 수많은 범죄자들, 자기밖에 모르고 남에게 수시로 폭력을 행사하며 밥 먹듯이 남을 속이는 그들, 그들의 자존감은 아주 낮단다. (놀랐지? 정말이야.) 교도 행정을 연구하시는 분들은 그래서 교도소 시설이 더욱 좋아져야 하고, 그 안에서 더욱 인격적인 대우를 해주어야 하며 그래야 재범률이 낮아진다고 하시더라구. 인격적인 대우를 받고 그것을 체험해본 사람은 이른바 바닥에서만 기던 사람과 다르다는 거야. 저것이 고생을 해보아야 하지, 라고도 하지만 고생 잠깐 해서 깨닫는 사람은 사실 처음부터 그리 중한 죄를 짓는 경우가 거의 없어. 인간이 겪은 고생의 극한인 전쟁이 끝나고 인격들이 더 좋아졌단 나라는 한 군데도 없단다.

너는 아직 젊고 사실은 더 많은 사람을 만나야 하기에 연말에는 모임에도 가야 하고 예쁜 옷도 장만하고 싶겠지. 엄마는 가끔 선후배들과 모일 때는 밖보다는 집이나 사무실을 사용하는 것을 더 좋아하고 포틀럭 파티를 좋아해. 당연히 알지? 포틀럭 파티. 각자 먹을 것을 한 가지씩 가지고 와서 나누는 파티 말이야. 엄마도 후배들과 이걸 종종 하는데, 너무 바쁜 것 같아서 "그냥 케이크나 하나 사 와" 하고 말지만 그럴 때 우리들의 진부한 상상을 깨고 "아니에요. 간단하게 요리해 갈게요" 하는 멋진 후배도 있단다. 그 후배가 요리해 가지고 와서 우리 모두를 놀랜 것이 바로 '브로콜리 새우 견과류 샐러드'야.

안주로도 아주 좋고 간식으로도 좋을 것 같았어. 실체로 왜 파티에서 딱히 배가 더 고프지 않은데도 계속 무언가를 먹고 있는 자신을 발견할 때가 있잖아. 그때 나는 이 샐러드를 계속 먹었는데 뭐랄까 살도 그리 많이 찌지 않을 것 같았어. 알다시피 브로콜리는 비타민 C가 레몬보다 2배나 더 많이 들어 있단다. 그뿐 아니라 위암을 일으키는 헬리코박터도 막아주고 항산화 성분이 있어서 노화도 방지해주고…… 암튼 정말 좋은 식품. 오죽하면 '브로콜리 너마저'라는 밴드가 있겠느냐구. 얼마나 브로콜리를 믿었으면……. 흠, 이야기가 많이 빗나갔나 보다.

　우선 유기농 브로콜리를 사자. (유기농 제품 비싸. 그러나 유기농 제품을 먹도록 하자. 비싸면 조금만 먹기로 하고. 같은 돈이면 좋은 것을 조금만 먹는 것이 훨씬 더 좋아.) 먹기 좋은 크기로 썬 다음 찌거나 삶아. 유기농일 경우 잘 씻어 냄비에 물 한 숟가락만 넣고 찌면 특유의 영양이 유지되고 색깔이 잘 살아나서 좋아. 만일 유기농이 아니라면 소금을 한 꼬집(엄지·검지·장지를 모아 살짝 꼬집듯 집어낸 양) 넣고 물을 넉넉하게 부어 삶자. 특히 브로콜리는 상하기 쉬워 약품 처리를 하는데, 이 약품이 묻어 있을 확률이 높다고 하네. 브로콜리는 너무 오래 말고 브로콜리 대가 살캉하니 씹힐 정도로만 삶자.

　새우는 냉동 잔새우로. 역시 소금을 한 꼬집 넣은 물에 살짝 데쳐내고(음, 물이 팔팔 끓을 때 넣어 하나 두울 세엣 네엣 다섯 정도 세고 꺼내면 딱 좋아) 견과류로는 땅콩이나 아몬드 혹은 호두 등을 준비하고 다져놓아. 땅콩을 주로 쓰는데 엄마는 땅콩 껍질 벗긴 것을 비닐 팩에 넣고 칼등으로 폭폭폭폭 적당히 부순단다. 이제 다 됐어. 이걸 비닐 팩에 담고 시판 마요네즈를 챙겨. 시시하다고? 얼마나 고소하고

맛나는데.

파티가 시작될 무렵 브로콜리, 새우, 부순 땅콩이 든 비닐 팩에 마요네즈를 듬뿍 넣고 소금을 조금 더 넣은 다음 비닐 팩째 조몰락조몰락 해서 주최 쪽이 내놓는 접시에 올려놓으면 끝!

내가 보니까 맥주나 위스키 안주로 아주 좋아. 심지어 할아버지들도 "이거 참 먹을수록 고소하네" 하며 좋아하신단다. 너무 심심한 것보다 약간 짭짤하게 만드는 게 좋아.

그 고소한 것을 먹으면서 친구를 만들어보자꾸나.

절대 만나지 말아야 할 사람들

너는 가끔 묻지만 어떤 친구를 만나야 할지 엄마가 말해주기는 아주 힘들어. 그러나 만나지 말아야 할 사람을 첫눈, 혹은 두 번째 눈에 알아보는 것은 아주 중요해.

만나지 말아야 할 사람의 첫 번째 유형은 폭력적인 사람이야. 당연히 폭력을 쓰는 사람을 너는 만나지 않겠지. 그러나 숨어 있는 폭력을 알아보는 것은 더구나 여자인 너에게는 아주 중요해. 첫째로 욕설을 하는 사람. 이 욕설은 다른 이(누구나 생각해도 나쁜 사람, 정치적으로 반대되는 인물, 실제로 나쁜 사람)를 지칭하는 데 교묘히 사용되기도 해. 좋은 사람은 아무리 나쁜 사람을 일컬을 때도 절대 흉한 단어를 입에 올리지 않아. 거꾸로 이런 사람은 자신의 공격성을 정의로 가장해 사용하기도 하지. 또 하나, 자신 곁에 있는 친한 후배나 동료에게 수시로 가벼운 폭력(뒤통수 치기, 친근함을 가장해 욕을 하기 등등)을 쓰는 사람이야. 이런 사람들은 아주 위험하단다.

엄마가 늘 이야기하지만, 어떤 사람이 최악의 경우 최악의 사람에게 퍼부을 수 있는 모든 행동은 언제든 너에게 퍼부어질 수 있다는 것을 잊지 마라. 더구나 이런 좋은 연말 파티에서라면 아무리 가벼운 폭력적 행동도 절대로 네 마음으로 허용해서는 안 돼.

두 번째로 네가 피해야 할 사람은 자존감이 낮은 사람이란다. 남자는 물론이고 여기에는 여자도 많이 포함되곤 하는데 그걸 알아보는 방법은 여러 가지이지. 우선 엄마 경험으로 가장 크게 표가 나는 것이 선물이야. 음, 이걸 뭐라고 설명해야 할까. 이건 자신이 최근에 낸 책이나 자신이 최근 기획한 공연의 티켓, 자신의 회사에서 최근 개발한 상품의 샘플을 나누어주는 것과는 아주 다른 이야기야. 그러니까 만나는 날, 혹은 그다음의 만남에서 그냥 막 선물을 주는 사람을 조심하는 게 좋다는 거야.

설사 남자 친구가 데이트 두 번째 날 꽃다발을 가지고 온대도 마찬가지야. 그의 마음 깊은 곳에는 자기 자신만으로 모자라다는 깊은 열등감 같은 것이 숨어 있을 수 있어. 자신도 모르게 그것을 물질로

상쇄하고 싶어 하는 것이랄까. 계속해서 모든 돈을 지불하려고 하는 것도 비슷한 심리이지. 자존감이 낮은 사람은 자신의 상처 때문에 쓸데없는 오해와 분노를 가지고 그것을 상대방, 바로 너에게 투사할 확률이 높아.

그리고 세 번째가 불행한 사람이야. 이 말을 하기가 참 조심스럽구나. 그래 그러나 말하기로 하자. 불행한 사람을 친구로 사귀지 마라. 원래 알던 네 친구가 불행에 빠졌을 때 만일 네가 그를 멀리하고 돕지 않는다면 너는 그리 좋은 사람이 아닐 수 있지. 그러나 원래 불행하던 사람이 네게 올 때는 피하는 것이 상책이란다. 불행한 사람이란 누굴까? 엄마가 극단적인 예를 들어볼게.

엄마의 선배 중 하나는 아주 부잣집에서 자라 이른바 명문대를 나왔고 돈이 많은 남편과 (실상이 어떤지 아주 자세히는 모르나) 잘 살고 있단다. 그녀는 아름답고 날씬하며 그리고 우아해. 그런데 그녀가 지난봄 인도네시아 발리로 여행을 가서 오랜만에 엄마에게 문자를 보냈어. "퍼스트(클래스)가 만원이라 비즈니스(클래스) 좌석으로 왔는데 얼마나 불편하던지. 게다가 스튜어디스는 멍청해서 안심스테이크를 애 아빠는 웰던으로 시키고 나는 미디엄 레어로 시켰는데 2개가 똑같이 구워져 나왔지 뭐니? 아주 첫날부터 기분 잡쳤어."

알겠니? 이런 사람이 불행한 사람이야. 행복한 사람은…… 행복하니까 이름을 밝혀도 좋겠구나. 《나의 서양미술 순례》의 저자이기도 한 서경식 교수(이 책은 젊은 네게 정말 강력 추천한다). 그분은 재일 동포 2세. 삼 형제 중 막내인 그는 두 형이 일본에서 한국의 서울대에 유학 왔다가 모두 간첩단 사건에 연루돼 옥고를 치른 것으로 유명하다. 나중에 모두 고문에 의한 조작으로 밝혀졌지만, 큰형인 서승 씨(현재 일본 리쓰메이칸 대학 교수)는 고문을 못 이겨 자살하기 위해 고문실에 피워놓은 난로를 뒤집어쓰고 얼굴과 전신이 화상으로 일그러졌단다. 그 고통으로 아버지는 돌아가시고……. 한번은 방송에서 엄마가 이분을 인터뷰하는데, 이분이 그 대목을 질문하는 엄마에게 대답하셨지.

"공지영 작가님. 우리를 어쩌다 고국에 유학 와서 신세를 망친 재일 동포라고만 생각하시면 안 돼요. 우리는 우리 가족의 무죄를 입증하는 과정에서 너무도 소중한 동지와 친구 들을 얻었어요. 그들은 우리를 위해 함께 싸워준 소중한 사람들입니다. 자신들은 아무것도 얻지 못했고 심지어 잃기까지 하면서도요. 이건 누구의 인생에서나 자주 일어나는 일은 아닙니다. 이건 정말 귀한 일이었죠. 그러니 이런 우리를 그냥 불행하다고 하시면 안 돼요."

엄마는 순간 오그라 붙었다. 너무 부끄러워서 말이야.

아끼며 나누고 사랑받았던 기억이 충만한 사람

또 한 분 있다. 지금은 너무도 유명한 박원순 시장님. 이분과 인터뷰 중 나는 이분께서 인터뷰 얼마 전에 유서를 쓰셨다는 것을 알았지(이건 시장이 되시기 훨씬 전의 일이야). 알지? 왜 미리 유서 써두는 거. 그때 그 유서를 셋째 누나인지 넷째 누나인지 아무튼 누나에게 쓰셨다는 거야. 그 내용도 공개되었었지. 이런 거라고 기억한다.

"누나, 부모님이 아들 공부시킨다고 해서 누나는 초등학교도 다 못 다니고 공장으로 갔지. 누나, 나 혼자 공부해서 미안해. 그리고 고마워."

이분은 어린 시절 가난에 대해 이야기하셨다. 참으로 가난한 어린 시절을 보내셨더구나. 내가 무심히 물었다.

"아, 그렇게 불우한 어린 시절을 보내시고……."

그러자 박 시장님이 정색을 하며 말을 정정하셨어.

"공지영 작가님, 잠깐만요. 저는 우리 집이 가난하다고 했지 불행하다고 하지는 않았습니다. 아직도 어린 시절의 집을 생각하면 가난한 중에도 먹을 것과 입을 것을 아끼며 서로 나누고 사랑받았던 기억이 제게는 충만합니다."

엄마가 누군가와 이야기를 나누면서 이토록 부끄러웠던 적이 또 있었나 싶다.

이야기가 너무 커졌나. '브로콜리 너마저'의 노래를 듣고 싶은 밤이네. 위녕, 그래 오늘도 나는 네가 행복하기를 바란다. 그리고 멋진 친구들과 멋진 인생을 논하고 즐기고 청춘을 마시기를!

더러운 세상에는 "더럽다"고 해버려

세상이 개떡같이 보일 때 먹는
콩나물해장국

오늘은 네가 뭐라기도 전에 내가 화가 나서 견딜 수가 없구나. "이놈의 세상 개떡 같아 못 살겠다" 싶다. 내가 이런 나라에 세금을 내는 것이 과연 의미가 있을까 이런 생각조차 든다. 회사의 직원들을 종처럼 부리는 임원, 거짓말을 밥 먹듯 하는 위정자, 가진 권력을 사용해 불의한 상류층을 감싸고 죄 없는 노동자를 내치는 관료, 이 더러운⋯⋯.

아아, 엄마는 너와 함께 요리를 누(?)하려고 했고 이런 말은 하지 않으려 했는데 비행기 안에서 작은 소동이 벌어지고 세상에, 승객 250명이 탄 비행기를 기어이 돌려, 자기가 보기 싫은 승무원 1명을 타국 땅에 내려놓았다는 재벌가 3세의 소식을 듣자 정말 밥맛이 떨어지는데⋯⋯. 이럴 때 정말 밥맛이 떨어진다면 나의 다이어트에 도움이 될 텐데 막 불닭, 무교동 낙지, 매운 닭발, 엽기 떡볶이 이런 게 먹고 싶어지고 마는 것은 무슨 이유일까? 그래서 점심시간에 친구를 만난 길에 매운 걸 먹었더니 이제 집에 와서 막 물을 들이켜고 있어. 나의 미용 생활에도 도움이 안 되는 더러운⋯⋯. 아아 진정하자. 그래, 요리⋯⋯ 우린 또 먹고 살아야겠지.

술 마신 다음 날의 레시피

요리 글을 쓰기 시작하면서 엄마가 제일 먼저 떠올린 요리가 있었어. 엄마가 처음 독립했을 때 외할머니가 제일 먼저 가르쳐준 요리. 그건 시금치된장국이었지. 외할머니는 엄마에게 조갯살을 조금 사서 넣으라고 하셨어. 외할머니가 말씀하신 대로 재료들을 넣고 나자 내가 어릴 때 먹던 그 된장국 맛이 살아나던 경이라니……. 그때는 휴대전화가 당연히 없을 때니까 외할머니와 전화통을 붙들고 메모장에 길게 메모를 하던 기억이 아직도 새롭단다.

네가 독립한 뒤 내게 처음 물었던 요리 생각나니? 너는 내 스무 살 시절보다 훨씬 요리를 잘하고 또 인터넷도 있고 해서 나는 네가 전화를 걸어올 거라고는 생각을 못했는데 넌 말했어.

"엄마, 내가 그때 술 많이 마신 날 아침이면 끓여주던 그 국. 그거 가르쳐줘."

그때 엄마는 엄마가 처음 외할머니에게 레시피를 전화로 물어보던 그때를 떠올렸지. 뭐랄까, 핏줄 같은 게 느껴졌다고나 할까.

나중에 알고 보니 경상도에서 많이 먹는다는 이 국의 레시피는 다음과 같아.

우선 쇠고기 불고깃감을 듬뿍(3~4인분 양의 경우 거의 500그램?) 혹은 등심구이를 할 만큼 질 좋은 고기를 듬뿍 준비해 한입 크기로 썬다. 중간 크기 이상의 양파 하나를 잘게 썬다. 두 재료를 넉넉하게 큰 냄비에 넣고 불을 켠 다음 집간장(국간장이라고도 하고 조선간장이라고도 하지)을 넣고 달달 볶아. 고기가 거의 익고 양파가 투명해질 때까지 말이야. 그러면 살짝 불고기 냄새가 나기도 하는데 그러면 정상이야. 고기가 거의 익을 무렵 고춧가루를 밥숟가락 하나 수북이 넣고 휘리릭 저은 다음, 물을 보통 다섯 대접 정도 넣어. (간은 나중에 거의 끓고 나서 한 번 더 맞추어라. 여기서 물 대신 다시마와 멸치 등을 우린 국물을 넣으면 물론 아주 좋지.)

국이 끓을 무렵 다진 마늘(다진 마늘이 없으면 깐 마늘을 가늘게 썰어 넣어도 아주 좋아)과 대파 한 뿌리를 어슷어슷 썰어 넣고 간을 보아라. 싱거우면 소금을, 맛이 덜 난다 싶으면 천연 다시마 가루나 맛가루를 조금 넣어. 맨 마지막에 콩나물을 한 줌 푸짐히 얹어 우르르 끓이면 훌륭한 해장 콩나물국이 탄생하지. 콩나물을 넣고 나서 절대 오래 끓이면 안 돼. 싱싱한 콩나물의 아삭한 맛이 살아 있는 게 이 요리의 포인트!

이상하게 이 음식은 레시피가 잘 알려져 있지 않더라고. 이렇게 맛있고 시원한 음식이 말이야. 그러니 네가 나에게 전화 거는 것도 당연해.

엄마는 친구들과 술을 마시고 하룻밤을 보내는 캠핑이나 시골집에서 이 국을 많이도 끓였다. 보통 고기는 냉장고에 있으니 아침에 후다닥 편의점으로 가서 콩나물만 한 봉지 사면 되니까. 나는 술 마신 다음 날에는 밥맛이 전혀 없어서 이 국을 만들어 커다란 대접에 수북이 퍼서 다 먹어. 그러면 배도 부르고 시원하고 땀이 쭈욱 나면서 술이 막 깨는 거야.

스트레스가 심하면 라면이 먹고 싶잖아

이 요리를 엄마가 권해주는 이유는 이 요리가 라면을 먹고 싶은 날에 참 좋은 음식이라서야. 나의 경우 이상하게도 스트레스가 심한 나날이 계속되면 라면이 그렇게 먹고 싶었어. 여행이나 등산도 일종의 스트레스 상황이 아닌가 싶어. 그럴 때도 라면이 많이 먹고 싶었으니까. 라면을 폄하하는 게 아니라, 일단 오래오래 두어도 되는 음식을 신선한 재료가 넘치는 곳에서 꼭 먹을 필요는 없지 않을까? 게다가 라면은 나트륨 과다다. 나트륨 과다가 일으키는 각종 질병을 너는 익히 알 것이고, 다이어트에도 방해가 된단다.

그러고 보니 라면에 대한 일화가 생각나는구나. 엄마가 어린이 재단 사람들과 함께 세네갈에 갔을 때였어. 어린이 구호를 위해서였기에 우리가 도착한 지역은 아주 가난한 지역, 먹을 것도 참으로 변변치 않았고, 지금 생각해도 끔찍한 것은 식탁 위에 놓아둔 빵을 집어 들면 정말 손바닥만 한 바퀴벌레가 그 아래서 후다닥 도망치곤 했단다. 그러니 내가 먹지 못했던 것은 너무 당연했지. 그때 스태프 중 하나가 엄마에게 몰래 귀띔을 했단다.

"선생님, 제가 꼬불쳐둔 라면이 하나 있는데 이따가 드실래요?"

우리는 드디어 다른 사람들이 다 일을 나가 없는 숙소에서 라면을 끓여 먹기로 했다. 얼마나 설레던지. 라면을 꼬불쳐둔 그 훌륭한 스태프는 얼굴도 예쁜 젊은 아가씨였는데, 라면을 끓여 오겠다고 호텔(흠, 그래 이름은 호텔이 맞다) 주방으로 들어가더니 그냥 오는 거야. 내가 의아해하자 그녀가 대답했지.

"요기 호텔 주인 아들(호텔 주인의 아들은 세네갈 최고의 국립대학생이었는데, 그때 방학이라 잠시 집에 와 있다고 했다. 그는 우리의 아름다운 여자 스태프들에게 아주 깊은 호감을 표하곤 했지)이 자기가 다 끓여서 예쁜 그릇에 담아다 줄 테니 가 있으라고 하네요. 제가 끓이는 법을 다 가르쳐주고 왔어요."

우리는 흐뭇하게 앉아서 뜨겁고 김이 나는 라면을 기다리고 있었어. 나는 속이 느글거렸기에 매운 고춧가루가 들어간 국물을 먹을 생각에 심지어 설레고 있었단다. 드디어 노크 소리가 들려왔어. 우리는 문으로 뛰어나갔지. 호텔 주인의 아들인 잘생긴 국립대학생은 자기가 가진 가장 예쁜 그릇에 라면을 둘로 나누어 포크와 함께 예쁘게 놓은 다음 쟁반에 받쳐 들고 서 있었지. 그런데 그가 가져온 라면을 보는 순간 내가 소리쳤어.

"오 마이 갓, 국물은?"

그러자 그가 이해할 수 없다는 표정을 지었어. 여자 스태프가 남자에게 항의했지.

"너, 내가 이 라면을 끓인 뒤에 여기다 수프를 넣으라고 했잖아."

그러자 국립대학생이 대답했어.

"그랬지, 그리고 건져냈지."

맙소사, 그의 개념 속에 국수 삶은 물을 같이 먹는 음식은 없었던 거야.

나는 아직도 그때의 그 밍밍하게 삶아진 라면을 기억한다. 그 절망감도.

그의 성공 비결은 더러운 성질

세네갈은 아름다운 나라였다. 그러나 가난했지. 엄마가 구호를 위해 다닌 아프리카의 나라들, 우간다 · 에티오피아 · 세네갈 등등은 참으로 가난했어. 그러나 그들은 영어를 상용어로 쓰고 있었고 영어 실력이 영어를 전공한 엄마보다, 프랑스어 실력이 같이 간 사람들보다 휘얼씬 뛰어났다. 그들의 가난은 그들을 식민지로 만든 제국들과 그 후의 독재자들로부터 기인되었고 더러운 쓰레기로 가득 찬 도시의 가난이었다.

그때 생각했지. 이런 나라, 심지어 영어도 이렇게 다들 잘하는 나라에서 의사나 법관이나 대학의 학장이 되는 것이 무슨 소용일까 하고. 차라리 나는 복지가 뛰어난 북유럽 스웨덴이나 덴마크나 노르웨이의 웨이트리스나 비정규직 아르바이트생이 되고 싶어. 이건 진심이야.

네가 어떤 스펙을 쌓든 네가 어떤 유학을 하든 네가 어떤 고시에 합격하든 네가 몸담고 있는 나라의 전체 수준이 높지 않으면 결코 너의 인생은 네가 원하는 대로 되지 않는다. 네가 몸담은 나라의 전체 수준이 높으면 실은 네가 그리 애쓰지 않아도 너의 생은 괜찮아. 이것은 슬프고도 엄중한 진실이란다.

그러나 오늘은 어려운 나라 생각 말고 그냥 내 몸을 생각하자. 너는 소중하니까. 얼마나 소중하냐 하면 네가 지금 당장 이슬람국가(IS)에 납치된다면 이 정부가 너를 구해 오기 위해 약 300억 원 이상의 돈을 지급할 수도 있을 만큼 소중하다. 너는 이미 알지? 이 정부가 너무나도 너를 사랑하고 사람들의 인권을 존중해서 그럴 거라는

것을 말이야. 이 별로 훌륭하지 않은 정부도 단지 너를 구하기 위해 그 많은 돈을 내야 할 만큼 너는 비싼 사람이다. 그러니 300억 원도 안 되는 연봉에 웃고 울지 말자. 그 연봉에 너와 너의 인격과 너의 소중함과 너의 자존심을 다 팔아버리지는 말자.

엄마가 아는 한 의류 업체의 대표는 중졸의 학력이었는데 의류 업체의 재단사로 사회생활을 시작했다가 지금은 성공하신 분. 내가 비결을 물었더니 "더러운 성질" 때문이었단다. 놀라 다시 물으니 그분이 대답하셨어.

"내가 성격이 원만했으면 윗사람들의 비리, 모욕 이런 거 다 참았을 거예요. 처음엔 배운다고 참았죠. 그러나 어느 순간 도저히 참을 수가 없어 그냥 사표를 던지고 제 사업을 시작했어요. 제 더러운 성질이 아니었다면 전 아마 거기 임원으로 근근이 지내다가 벌써 퇴직하고 이 업계에 없었겠지요."

천천히 국을 끓여 아삭한 콩나물을 씹으며 생각해보자. 더러운 세상에 더럽다고 말할 수 있는 용기를 가질 수는 없겠느냐고. "인생은 늘 도박꾼의 몫!"이라는 앤서니 드 멜로 신부님의 말씀을 생각해보며……

베풀던 모든 A는
받기만 하는 모든 B에게 배신당한다

속이 갑갑하고 느끼할 때는
시금치된장국

나는 네가 시금치된장국 같은 것은 당연히 끓일 줄 안다고 생각했는데 아니었구나. 오호라, 그러면 오늘은 시금치된장국을 만들어 먹자. 언제 먹어도 좋은 국. 늘 쉽게 구할 수 있는 재료들로 끓인 국말이야.

시금치된장국은 앞에도 말했지만 엄마가 스물두 살에 시집이라는 것을 가서 처음 독립했을 때, 그야말로 요리라면 라면에 달걀 하나 풀어 넣는 것밖에 못했던 시절에 처음 했던 요리. 그때 10평짜리 서민 아파트에 살던 나는 침실에 있는 전화기의 선을 길게 늘여 부엌까지 끌어와서(무선전화기도 휴대전화도 당연히 없던 시절이었단다) 외할머니에게 전화를 걸었어. 그때 외할머니가 가르쳐준 레시피.

그 목소리가 아직도 생각이 난다. 어리숙하게도 나는 "엄마 이제 물 끓여", "파 어떻게 넣어?", "마늘을 잘라? 다져?" 뭐 이런 것까지 다 물었지. 그때 집 앞에 있던 슈퍼마켓에서 늘 500원짜리 조갯살 한 봉지와 시금치 한 단을 사 가지고 퇴근하던 내가 생각난다. 엄마는 그때 작은 출판사에 갓 입사한 편집부원이었고 변변한 먹거리를 살 만한 돈이 없었지. 외할머니는 찬찬히 레시피를 불러주셨어.

"이게 다야?"

"우선 냄비에 조갯살을 넣고 쌀뜨물을 받아 적당히 붓고 끓여라. (멸치와 다시마를 우린 국물을 넣어도 좋은데, 이것도 저것도 없으면 그냥 물도 좋아.) 거기에 된장을 밥숟가락 하나 정도 넉넉히 넣어. 그리고 끓으면 소금물에 살짝 데쳐놓은 시금치와 파, 마늘을 넣어라."

놀란 내가 물었단다.

"이게 다야?"

나는 그렇게 깊은 맛을 내던 시금치된장국이 이렇게 간단한 과정으로 완성되는 게 신기했어. 삶에서 길고 복잡한 것이면 다 싫어하는 나는 요리도 마찬가지여서 이걸 다시 더 간단히 정리하면 이래. 초간단 버전!

서너 대접의 물이 들어가면 적당히 차는 냄비에 물 서너 대접과 조갯살, 밥숟가락으로 하나 정도의 된장을 퍼서 넣는다. 물이 끓으면 씻어놓은(꼭 데쳐놓지 않아도 돼. 앞의 시금치샐러드를 해 먹고 남은 걸 넣어도 좋아) 시금치를 적당히 투하. 파 송송 썰어놓은 것 한 숟가락(파는 될 수 있는 대로 흰 부분을 넣는 것이 좋더라고, 된장국에는), 마늘 다진 것 한 숟가락 투하. 끝이야!

이 레시피는 된장국이라고 이름하는 모든 국에 적용된다. 쑥, 아욱, 근대, 배추, 보리 싹 등등.

당연한 것은 없다.

내가 이 간단한 시금칫국을 끓이는 법을 모르고 살았듯이

끓이기 전에는 국은 존재하지 않는다.

그것이 아무리 쉽고 아무리 간단해도

존재하는 것은 존재하기 전에는 없는 것이지.

지난봄 중국 베이징에 체류하는 선배에게 다녀온 적이 있었어. 알지? 봄마다 우리나라에까지 피해를 주는 베이징의 그 노오란 미세 먼지. 내가 방문했던 기간은 공기가 비교적 맑은 편이었다는데도 아침에 일어나면 목이 아프고 기침이 나왔어. 내가 왔다고 사람들이 중국 각지의 산해진미를 대접해주었지. 알지? 중국 요리. 맛있고 기름지고 산더미같이 양이 많고. 나흘을 머물다 돌아오는 길에 비행기 안에서 내 앞에 놓인 비빔밥이 눈물겨웠단다. 식전 기도를 건성으로 하는 내가 두 손을 모으고 이렇게 정갈한 밥과 삼삼하고 담백한 나물을 우리 민족에게 주시고 나를 여기서 태어나게 해주신 신께 감사를 드렸단다.

그런데도 돌아와서도 속이 갑갑하고 느끼한 거야. 그때 이 국을 끓였단다. 된장을 좀 더 적게 넣어서 간을 아주 삼삼하게 하고 쑥을 넣어서 끓인 이 국을 하루 종일 마시며 이틀을 단식했다. 커피를 마시듯 커다란 머그잔에 삼삼한 된장국을 넣고 하루 종일 마시는 거야. 그랬더니 내 몸속에 눌어붙은 것같이 느껴지던 진득진득한 기름기가, 그 노랗고 탁한 먼지가 좀 씻겨 내려가는 것 같았어. 목도 바로 부드러워졌고.

마법의 국물

여기서 잠깐, 휴일에 시간이 날 때 끓여놓으면 좋은 국물을 소개하고 가자. 우선 커다란 냄비에 국물용 멸치를 주먹으로 한 줌 넣고 그냥 볶아. 그러면 꽁치 굽는 냄새 같은 게 난단다. 이렇게 하면 혹시 모를 멸치의 비린내가 모두 제거되니까 참 좋아. 여기에 물을 부어. 그러고는 손바닥 2개 합친 것만 한 다시마 두 장을 넣어 끓이면 돼.

다시마는 신비한 해초야. 엄마는 긴 여행 중에는 키친타월로 잘 닦은 다시마를 가로·세로 3센티미터 정도로 잘게 잘라서 지퍼 팩에 넣어 가지고 간다. 용도는 많아. 우선 버스나 차를 오래 타야 할 때 껌처럼 씹으면 멀미를 막아주지. 뜨거운 물에 우려 마시면 술 마신 다음 날 간단한 해장으로도 아주 좋으며 변비도 예방하고 남은 걸 씹으면 포만감이 느껴져 과식을 하지 않게도 된다. 한번은 호텔에서 혼자 저녁을 먹어야겠기에 가지고 간 컵라면에 다시마 한 조각을 넣었더니, 마치 애니메이션에서 갑자기 마법에 걸린 별 표시들이 반짝반짝 살아오기라도 하는 것처럼 그 맛이 놀랍게 변했어. 나의 다시마 사랑은 날이 갈수록 깊어가고 있어.

여기에 온갖 국물용 레시피를 이용해 변주할 수 있단다. 요리의 재미는 바로 이런 변주의 재미이기도 하지. 우선 멸치 대신 슈퍼에서 파는 작고 마른 새우를 넣어도 좋고, 북엇국을 끓이고 남은 북어 대가리를 넣어도 아주 좋지. 다시마가 없으면 가죽나물을 넣어도 돼. 이건 모르는 사람이 많을 텐데 가죽나물이라고 고사리 말린 거 비슷한 이것이 다시마보다 더 구수한 국물을 낸단다. 인터넷에서 구매할 수 있어. 나물로 먹는 어린 것도 좋지만 약간 억센 것도 좋아. 가격도 아주 싸고, 무기질이 풍부해 채식하는 사람의 경우 멸치가 없어도 된단다.

여기에 냉장고에서 굴러다니는 쓰고 둔 무 토막, 시든 당근 조각도 넣고. 원래 표고도 넣으면 좋은데 일본 후쿠시마 원전 사고 이후로 우려되는 세슘 때문에 엄마는 요즘은 표고를 먹지 않아. 표고가 아주 멀리 있는 세슘까지 흡수한다는구나. 우리나라에서 재배되는 표고조차 세슘 농도가 상당히 높다는 보고도 나오고 있고. 나는 이건 포기했지. 그리고 나머지는 다 넣어 끓인단다. 엄마는 아무래도 살림하는 사람이니까 이런 재료들이 있지만 넌 없으면 국물 내기용 멸치하고 다시마면 돼.

휴일에 일주일 동안 먹을 국물을 가득 끓여 페트병에 넣어놓곤 해. 국물 끓인 구수한 냄새가 퍼지는 날엔 국물이 담긴 냄비 옆에 넉넉한 냄비를 올려놓고 물을 부어 소면을 삶아서 막 끓인 국물이 식기 전에 소면 건져낸 것에 부으면 맛있는 잔치국수가 되지. 고명으로 호박, 당근 등을 올려도 좋은데 난 귀찮아서 패스. 소금이 하나도 들어가지 않은 국물의 간을 맞추자. 여기서 간의 비법은 액젓이야.

놀랍게도 멸치와 다시마 혹은 다른 맛들이 슬며시 다 살아난단다. 멸치액젓도 좋고 까나리액젓도 좋아.

맛있는 김장김치를 척척 얹어 후루룩…… 먹고 설거지를 하고 나면 끓여놓은 국물이 대충 식었을 거야. 그럼 페트병에 깔때기를 얹어 국물을 담은 다음 날짜를 표시해서 냉장고에 보관한단다. 무엇을 만들든 물 대신 이걸 넣으면 이루 말할 수 없이 놀라운 요리로 변신한단다. 오늘 소개한 시금치된장국의 경우 조갯살이 없어도 아주 맛있게 돼. 모든 요리에 적용되는 이 마법의 물, 심지어 라면조차 말이야.

주는 것과 받는 것은 어려운 일

이 마법의 국물이 커다란 냄비에서 끓는 동안 엄마는 책장 앞으로 다가가 책을 하나 꺼내 들었다. 새삼 엄마를 배신했던 사람에 대해 울분 같은 것, 아니 마치 타버린 장작불이 작은 바람 앞에서 빨갛게 타오르는 불씨를 드러내는 것처럼 그 상처들이 새삼 아파와서였을 거야.

신비하게도 늘 베풀어주던 모든 A는 늘 받기만 하던 모든 B에게 배신당한다. 심리학자들은 이걸 무엇이라고 하는지 모르나 나는 그걸 '굴욕으로부터의 비뚤어진 탈출'이라고 불러. 늘 받던 B들은 늘 주는 A에게 그토록 원하는 것을 받으면서 마음속의 분노를 더 키워 간다는 거야. 왜냐하면 B가 A에게 그토록 필요한 것들을 받을 때마다 B는 자신이 가지지 못한 것을 모두 가지고 있는 A를, 가지지 못한 자신을 직시하게 되니까. 횟수가 거듭되면 감사보다 굴욕을 느끼기가 훨씬 쉬우니까.

이것의 가장 대표적이고 신파적인 경우가 고시 뒷바라지를 했던 여자를 배신하고 다른 여자에게 가는 남자 이야기 같은 거지. 그래서 모든 관계에서, 특히 여자들에게는 '주지 않는 것'이 더 중요할 때가 많단다. 마음도 시간도 물질도 말이야. 아주 어린 아이들을 제외하고 이 법칙은 모두에게 적용된다.

준다는 것, 받는다는 것, 이것은 참 어려운 일이야. 물론 이건 미묘한 감정과 감각들이 포착되고 그것으로 인해 예민하게 영향받는 가까운 사이에서 그렇다는 거야. 길거리를 가다가 만나는 배고픈 사람에게는 많은 걸 베풀어주어야 하고 말고.

엄마가 참으로 오래도록 자주 꺼내 보는 책 산도르 마라이의 《열정》을 천천히 읽는다. 늙은 장군이 젊은 시절 자신이 도와주었던 가난한 친구와 아내에게 동시에 배신당한 이야기를 회상하는 소설이란다. 여기서 화자인 장군은 늘 주곤 하던 A지. 이야기는 뻔하고 시시해. 뻔하고 시시하다는 것은 그만큼 우리 주변에 많은 이야기라는 것도 되지. 그런데 중요한 것은 작가가 이 흔한 사건을 통해 해내는 생에 대한 아프고 깊은 통찰이야.

"자네는 나를 증오했어. 그것은 사랑만큼이나 격렬하게 자네와 나를 결합시켰네. 자네가 왜 나를 증오했을까? …… (가난한) 자네는 (부자 부모를 둔) 나한테서 돈 한 푼, 선물 한 번 받지 않았지. …… 내가 당시 그렇게 젊지 않았더라면, 그것이 아주 의심스러운 위험한 신호라는 것을 알았을 걸세. 일부를 받지 않는 사람은 모든 것, 전부를 원하는 법이지. …… 자네에게 없는 무엇인가가 내게 있었기에 나를 증오했지. …… 자네 영혼의 밑바탕에는 갈등, 자네가 아닌 다른 사람이고 싶은 동경이 숨어 있었어. 인간에게 그것보다 더한 시련은 없네."

위녕, 엄마는 한때 이런 사람이었단다. 내가 싫었단다. 내 눈이 내 키가 내 발이 내 목소리가. 그때 세상은 모두 나를 싫어했어. 나는 이제야 확신할 수 있단다. 그런데 이제 엄마는 나를 싫어하지 않는다. 어리석고 늘 덜렁거리며 변덕도 심한 나를 잘 견디면서 사랑해준단다. 그렇지 않다면 이런 국물을 내며 즐거워하는 휴일을 보낼 리가 없겠지. 나는 이제 안단다. 내가 내 눈을 내 키를 내 발을 내 목소리를 사랑한다는 것을. 그리고 이제 세상은 모두 나를 사랑한단다.

당연한 것은 없다. 내가 이 간단한 시금치된장국을 끓이는 법을 모르고 살았듯이 끓이기 전에는 국은 존재하지 않는다. 그것이 아무리 쉽고 아무리 간단해도 존재하는 것은 존재하기 전에는 없는 것이지. 이제는 사랑하는 내 자신에게 좋은 음식을 주려고 해. 싸구려 재료들을 먼지가 앉도록 오래 보관하다가 합성 조미료에 비벼 낸 음식은 이제 먹지 않아. 이번 휴일에는 집 안을 청소하고 이 마법의 국물을 내어볼래? 점심에는 잔치국수를 먹고 저녁에는 시금치된장국에 현미밥을 먹어보면 어떨까?

사랑하는 딸, 인간의 세포는 6개월마다 모두 바뀐단다. 그러니 인스턴트 음식에 쌓였던 먼지와 싸구려 기름기, 그리고 합성 조미료에 지친 네 세포들에게 좋은 것들을 주자. 너는 소중하니까.

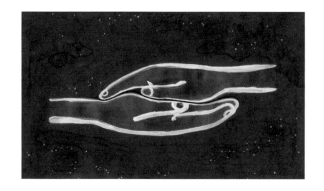

언제나 자신을 잘 살피고 물어서 자기가 누구인지 아는 것은
아주 중요한 일이며 마땅히 해야 할 일이기도 하다.
네 영혼이 원하는 것을 살펴라.
그것을 선택할 때 너는 그것을 잘할 수 있어. 그리고 행복할 거야.

2부

우리가 끝내 가지고 있을것

가장 단순한 것이 가장 질리지 않는다

엄마표 5분 요리
알리오 에 올리오

참으로 우울한 나날이 계속되는구나. 돌아봐도 별로 좋은 소식이라곤 없어. 경제는 늘 그렇듯 아래로 아래로 그래프를 그리고, 주변엔 몽땅 힘들고 괴로운 사람들. 이럴 때 정말로 거리로 나앉은 사람들, 해고된 사람들, 재취업이라고는 되지 않는 사람들을 생각하면 더 힘이 들어.

엄마가 해주지 않은 이야기가 있단다. 아주 오래전, 엄마가 아주 비참했을 때, 가진 것을 몽땅 잃었을 때, 그때 엄마의 나이 서른두 살이었어. 오래 불화하던 엄마의 엄마에게로 비참하게 돌아갔을 때 엄마의 엄마는 몹시 화가 난 얼굴로 문간에 달린 2평 남짓한 작은 방을 겨우 하나 내주셨다. 그럴 때 가방이라도 큰 거 2개만 달랑 들고 들어가면 심지어 심플하고 스마트해 보이기라도 할 텐데 나는 내가 가진 그 알량한 것들이 아까워서 짐을 라면 박스에 바리바리 넣어 다 가지고 들어갔어. 그곳에 서른두 해의 생 동안 모아놓은 짐 꾸러미를 피난민처럼 쌓아놓고 아이의 유치원비를 벌기 위해 연재소설을 썼다. 침대도 없이 이부자리를 걷고 일어나면 겨우 노트북이 놓일 책상 하나 들어가는 방이었지.

아무리 생각해봐도─객관적으로야 그보다 힘든 일이 정말 많았지만—그때가 내 인생에서 제일 힘들었어. 차를 타고 가다가 운전대를 확 꺾어 강물로 뛰어들고 싶었지. 아마 그때 내가 누구인지, 무엇을 원하는지 모르는 때여서 가장 고통스러웠다는 생각이 들어. 이미 나는 소설가였지만, 소설가였을 뿐 아니라 출간한 책이 베스트셀러가 되어 돈을 벌었다는 소문이 무성했지만, 그러나 실제로 나는 돈 한 푼 써본 적 없이 그걸 다 고스란히 앗긴 빈털터리 이혼녀일 뿐이었단다.

지금부터는 모든 것이 너 자신의 탓

이런 이야기를 장황하게 하는 것은 어려운 시절에 대해 이야기하기 위해서야. 그 무렵 어느 밤 문득 잠에서 깨어 일어나 앉았어. 피난민 보따리 같은 트렁크와 이불 보따리를 바라보며 나는 멍하게 앉아 있었다. 분노와 배신감으로 나는 식욕을 잃고 있었고 아무리 술을 마셔도 취하지 않았어. 그렇게 1년쯤 살았나. 얼굴 위로 까맣게 기미가 덮이고 위는 자주 경련을 일으키기 시작하더라고. 그런데 신기하게 그 밤 나는 이런 생각을 했어.

"그래, 너는 모든 것을 잃었다. 다시는 재기하지 못할지도 모른다. 그래, 그것도 다 남 탓이라고 하자. 뭐 까짓 거 100퍼센트 남 탓이라고 하자. 그렇다 치자. 그래서 '그놈들'이 '그녀들'이 다 나쁘다고 하자. 그러나 그로 인해 여기서 건강마저 잃는다면 그건 정말 너의 책임이다. 네가 아프고 병들면 그들이 네게 병원비를 대줄 것이 아니기 때문이다. 이제껏 모든 일이 남 탓이라 해도 지금부터는 모든 것이 너 자신의 탓인 것이다."

그때 나는 내 손에 들려 있던 술잔을 내려놓았어. 그 밤에 일어나 샤워를 하고 깨끗한 속옷을 입었다. 분명히 똑같은 세상이 아주 다르게 보였던 거야, 그 생각 하나로 인해서. 지금도 또렷이 생각나. 그 생각을 하던 내 머리 위로 내리던 희미한 빛살을.

힘들지? 억울하고 속상하지? 엄마 나이가 되면, 엄마 위치가 되면 그런 일이 없을 거라고 생각해서는 안 된단다. 어쩌면 그런 일은 더 많아. 다만 달라지는 것이 있다면 나의 자세일 뿐이지. 엄마가 다시 말하지만 인생은 결코 꽃밭이 아니다. 인생을 꽃밭 길로만 걸어간 사람 한 사람만 이야기해줘봐. 만일 그런 사람을 단 한 사람이라도 찾아낸다면 엄마가 네 소원을 다 들어주마.

엄마의 친구 하나는 몇 년 전 모든 것을 잃었다. 아이를 셋이나 거느린 가장인 그가 말이야. 다니던 언론사에서 쫓겨났지. 얼마 전 그를 만났는데 복직을 하지 않겠느냐고 묻는 나의 말에 그가 대답하더구나. "만일 내가 올바른 방법으로 명예롭게 복직한다면 내가 잃어버린 세월은 내가 실직해 있던 6년일 거야. 그러나 내가 명예스럽지 않게 비굴하게 복직한다면 나는 내 기자 생활 22년을 다 잃어버리게 되는 걸 거야."

위녕, 그는 아주 잘나가는 직장에 있었다. 철마다 아이들과 해외여행을 했고 부자는 아니지만 무척 여유로운 생활을 하고 있었어. 그러나 이제 그는 가난하게 산다. 집도 여러 번 옮겼어. 아이들도 예전처럼 학원에 많이 다닐 수는 없단다. 그러면 너에게 그려지는 것은 무엇이니? 축 처진 두 어깨와 흔들리는 걸음걸이, 싸구려 술 냄새를 풍기는 입술과 거뭇한 수염 자국? 아니, 놀랍게도 그는 뛰고 있었어. 그는 달리기를 시작한 거야. 엄마와 똑같은 생각을 했다는 것을 알게 되었단다.

그는 보수는 거의 없지만 취잿거리를 제공해주는 독립 언론사에 들어가 일하게 되었어. "더러운 인간들이 갑질하는 꼬라지를 보지 않아도 되고, 어쨌든 맘이 편한 곳"에 있다는 그의 얼굴은 빛났고 어깨는 더 곧아졌지. 그는 이제 방송사의 호화찬란한 취재 차를 타고 다니는 대신 버스로 이동하지만 나는 보았단다. 안주하던 그의 머리가 신선한 아이디어로 충만해지고 그의 눈이 빛나는 것을.

만일 그가 그 자리에 더 머물러 있었다면 어땠을까. 그는 괴로웠겠지. 돈은 많고 세상은 더럽고. 그래서 룸살롱도 자주 들락거렸을 수도 있고, 그는 그 자리에서 비굴하게 버티는 자신이 싫어 더 신랄해질 수도 있었을 거야. 나는 그가 실직하지 않았다 해도 몹시 가슴이 아팠을 거야. 위녕, 우리는 진정 무엇을 위해 사니?

우리를 힘들게 하는 것은 우리가 가진 이미지

위녕, 안젤름 그륀 신부님이 인용한 에픽테토스의 이야기에 이런 게 있어.

"우리를 힘들게 하는 것은 어떤 사건이 아니라 그 사건에 대한 우리의 표상이다."

표상이라는 말은, 즉 이미지라는 것이야. 가난이 우리를 힘들게 하는 게 아니라 가난에 대해 내가 가지고 있는 이미지가, 학벌이 나를 힘들게 하는 게 아니라 학벌에 대해 내가 가지고 있는 이미지가 나를 진정으로 힘들게 하는 거야.

물론 가난하고 가방끈이 짧으면 그래 불편하겠지. 불리하고 말이야. 그러나 네가 어떤 것에 대해 가지는 느낌이 참이라면 그것은 일제히 모든 사람에게 적용되어야 해. 그러나 가난을, 그런 학벌을 그리 불행해하지 않는 사람도 있어. 아이를 낳지 않고 사는 사람이 동서고금을 막론하고 불행의 표본이었으나 현대에는 시크한 커플일 수도 있는 것처럼 말이야. 예전에는 아이를 여섯이나 가진 사람은 대개는 배우지 못한 가난뱅이였을 수도 있는데(흥부같이) 이제는 아

주 부유한 사람이나 할 수 있는 일인 것처럼 말이야. 저주의 대상이던 동성애가 지금은 개인의 성적 취향 문제가 되고, 운명의 문제였던 불구라는 조건은 이제 세금 우대의 대상이 되기도 한다.

우스갯소리를 곁들이면 다리가 짧다는 것이 예전에는 엄청 좋은 신체 조건이었다는 거 아니? 글쎄 일전에 엄마가 경북 안동에 갔는데 할머니 한 분이 그러시는 거야.

"남자는 그저 앉은키가 커야제."

뭐라고요? 다시 묻다가 우리는 그만 버릇없이 배를 잡고 웃었단다. 생각해봐. 늘 모였을 때 한자리에 좌식으로 앉아 있어야 하는 선비 문화를 생각하면 앉은키 큰 것이 요즘으로 치면 선 키 큰 것만큼이나 우월했나 봐. 다리 선이 잘 드러나지 않는 한복은 그것을 강화했고 말이야.

열등감도 우월감도 사실은 다 우리 행복하자고 있는 거야. 날씬한 것도 그래. 다 행복하자고 다이어트를 하는 거야. 뚱뚱하고도 행복하고 만족할 수 있다면, 학벌이 좋지 않아도 별로 개의치 않고 충분히 지적 생활을 할 수 있다면(실제로 영어·수학이라는 핵심 과목을 못하고도 교양이 풍부한 사람이 엄마 주변엔 많으니까) 뭐가 문제겠니? 살 빼다가 우울증 걸리고 성형하다가 죽는 친구들 이야기를 들으면 그래서 황망해진단다. 뭐? 죽는 건 그렇지만 우울증에 걸려도 좋으니 바싹 말라봤으면 좋겠다고? 오 마이 갓!

우리가 끝끝내 가지고 있을 것

인스턴트 음식은 정말 인스턴트를 먹어야 할 때가 아니면 먹지 말고 아껴두자. 시간과 노력이 그것보다 덜 들고도 맛있는 음식을 만들어 먹자. 엄마표 5분 요리를 해볼까. 잔소리가 길었다마는 이번에는 알리오 에 올리오(Aglio e Olio).

준비물은 올리브유, 파스타면, 그리고 마늘. (이외에 마른 고추 빨간 것, 아니면 청양고추도 뭐 그럭저럭 좋아.) 어때? 5분은 심하고 10분 안에 요리를 하기로 하자.

우선 냄비에 넉넉히 물을 넣고 소금을 한 꼬집 넣어 끓여. 물이 끓는 동안 프라이팬에 기름을 넉넉히 두르고 얇게 썬 마늘을 볶아. 음~ 마늘 볶는 냄새 정말 좋아. 가능하다면 이때 마른 고추(동남아 요리 코너에서 파는 마른 고추가 제일 좋아. 한 봉지 양이 적으니까 사놓고 두었다가 넣으면 좋은데 없으면 패스)를 그 기름 속으로 뚝뚝 잘라 투하. (청양고추의 경우 잘게 썰어 1개면 돼.) 물이 끓으면 파스타면을 넣고(엄마 경험에는 엄지와 검지를 모아 둥글게 만든 원 속으로 잡히는 면의 양을 1인분으로 잡아. 양이 적은 사람은 손가락으로 작은 원, 양이 많은 사람은 큰 원) 7분을 기다려. 딱 7분이면 돼. 그다음, 집게로 면을 건져서 냄비 옆의 프라이팬에 바로 투하하면 요리 끝! 어때? 라면보다 쉽고 빠르지?

엄마는 이 파스타를 아주 좋아해. 먹을수록 다른 어떤 파스타보다 맛이 있어. 그런데 실제로 이탈리아 가정에서도 제일 많이 먹는 파스타라고 이탈리아 유학에서 돌아온 후배가 귀띔해주는구나. 역시 가장 단순한 것이 가장 질리지 않는 것 같아. 어쩌면 사람도, 어쩌면 관계도, 마지막으로 삶조차 단순한 것이 가장 좋을지도 모르겠다. 그냥 좋다든가, 그냥 아껴주고 싶다든가 하는 그런…….

그 뜨겁고 투명하고 단순하며 고소한 기름에 씹히는 맛이 느껴질 정도로 알 덴테(al dente)로 삶아진 면을 비벼 먹는 순간, 너는 알게 될지도 몰라. 우리는 결국 하루에 세끼도 다 먹지 않는다는 것을. 재벌도 상무도 부장도 가난한 이도. 그리고 20년 전 엄마가 바득바득 엄마의 엄마 집으로 가지고 들어갔던 그 라면 박스 속의 짐들 중 오늘까지 남아 있는 것은 1개도 없다는 것을. 그러니 오늘은 생각해보자. 우리가 끝끝내 가지고 있을 것이 과연 무엇인가를 말이야.

남자는 변하지 않으며, 변할 생각이 없다

우선 김치비빔국수를 먹자

네 질문에 대답은 하지 않고 오늘은 먼저 국수 이야기를 하기로 하자. 내가 국수 이야기부터 꺼내는 것은 위녕, 실은 우리 몸이 간사하게도 그리고 어이없게도 배가 고플 때와 배가 부를 때 다른 사고를 하기 때문이란다. 밥을 먹는다고 이데올로기가 바뀌기야 하겠냐마는(아니다, 바뀌기도 하겠다. 배가 부른 다음 변한 '한때의 혁명가'들이 엄마 주변에는 너무도 많이 있구나). 더구나 민감하고 예민한 문제, 특히 감정의 문제는 아주 그래. 그러니 우선은 뭘 좀 먹기로 하자.

너의 앉은 자리가 꽃자리

그냥 출출한 휴일 낮이나 잠 안 오는 밤에, 뭘 사러 나가기도 귀찮고 그냥 집에 있는 재료들로 간단히 먹고 싶을 때, 김치비빔국수를 먹어보자. 엄마가 잔치국수와 더불어 제일 좋아하는 이 메뉴. 한때는 이 메뉴로 국숫집을 차리려고 했어. 음 그러니까 글이 너무나 써지지 않을 때, 그래서 쓰기 싫을 때, 이 글을 쓰지 않고 돈을 벌 수 있다면 무엇이 좋을까 생각할 때, 이미 나는 국숫집을 차리고 인테

리어를 하고 여기에 곁들일 메뉴를 개발했어. 상상 속에서는 장사가 너무 잘되고 국숫집을 하는 일은 글쓰기하고는 비교할 수도 없이 쉽고 재밌고 힘도 하나도 들지 않는 듯했지.

그럴 때 편집자의 문자가 도착하곤 했단다. "선생님 원고 기다리고 있습니다." 그래, 인생이 그렇다. 그러면 나는 구상 시인의 시 구절처럼 "너의 앉은 자리가 바로 꽃자리니라" 뭐 이런 깨달음을 다시금 새기며 노트북 앞에 앉곤 했다. 그래 오늘은 우리 집만의 김치 비빔국수 레시피를 가르쳐줄게.

우선 소면 삶을 물을 끓이자. 물이 끓는 동안 2인분 기준으로 했을 때 김치를 작은 주먹 정도만큼 꺼내 송송 썰어. 여기에 간장을 밥숟가락으로 두 숟가락, 설탕 한두 숟가락(엄마는 이 국수가 약간 달달한 게 좋아 두 숟가락 정도 넣는데 단것을 좀 싫어하는 사람도 있더라고. 그때는 한 숟가락이 좋아), 참기름 맘대로, 깨 맘대로 부어 대충 섞어놓아. 물이 끓으면 국수를 넣고 기다리다가 물이 끓어 넘치려고 하면 종이컵 하나 정도로 찬물을 다시 부어주고 그게 다시 끓으면 1분 정도 기다렸다가 재빨리 국수를 찬물에 담가 씻는다. 뜨거운 물에 불어난 국수를 찬물에 재빨리 넣어야 국숫발이 쫀쫀해져. 만일 손님이 온다면 여기에 오이를 채 썰어 올리고 달걀을 삶아 반쪽 올리면 돼.

이렇게 간단한 이 국수, 은근히 중독성이 있단다. 그리고 시중에서 잘 팔지 않는 것이라 그런지 사람들이 아주 좋아해. 연말에 손님

을 치르고 진득한 요리 끝에 내놓아 다들 아주 좋아하고 놀러 온 친구들에게 밤참으로 해주면 더 좋아한단다. 엄마가 어렸을 때, 일요일 점심에는 늘 이 국수를 먹었어. 이상하게 외할머니가 해주는 국수는 별 양념 없이도 얼마나 맛있던지. 만일 곁들일 국물이 필요하면 엄마가 앞에서 가르쳐준 국물 내둔 거 있잖아. 거기에 액젓으로 간을 하고 파를 송송 띄워 곁들여 내면 아주 좋지. 오뎅하고 같이 먹어도 좋고 찐만두와 함께 먹으면 더할 나위 없이 좋은 식사가 돼.

국수를 비비기 위해 마련한 이 김치무침(?)은 용도가 참 많아. 이 쉬운 레시피를 기억하고 있으면 좋단다. 김에다 밥을 놓고 이 김치무침을 올려 돌돌 말면 김치마키가 되고(채 썬 오이도 함께 넣으면 아주 굿), 잔치국수에 올리면 훌륭한 국수 고명이 된단다. 김밥을 쌀 때 단무지 대신 새콤한 김치무침을 넣으면 훌륭한 김치김밥이 되지. 엄마의 엄마는 꼭 이 김치무침을 소풍 날 김밥에 곁들여 싸주셨어. 그때는 김치를 꼭 짜서 무치면 돼. 국물이 흐르지도 않고 야외에 앉아 새콤달콤한 김치무침을 먹으면 정말 맛있단다.

어때? 우선 국수를 먹자. 오늘은 네가 스트레스를 많이 받은 상태니 약간 달달하게 무쳐서 냠냠⋯⋯. 송송 썬 파를 띄운 국물까지 따끈하게 마시고 나면 이제 엄마와 마주 앉아 이야기를 해보자.

변하지 않는 남자들

　너의 친구, 남자 친구에게 이별을 통보받은 네 친구의 아픔에 대해 말이야. 아, 어리석었던 엄마는 어린 시절 잘못된 남존여비에 대해 반발한 나머지 그만 남녀가 다를 게 무엇이냐는 생각을 하고 있었단다. 시몬 드 보부아르가 쓴 《제2의 성》이라는 책을 끼고 다니며 남자와 여자가 다른 까닭은 남자는 태어나서 파란 이불을 덮고 여자는 태어나서 분홍 이불을 덮었기 때문이라고 너무도 단순하지만 너무도 굳게 믿어버리고 만 거였지.

　우리는 남자처럼 옷을 입고 다니고 머리를 짧게 잘랐으며 치마 같은 것은 입지 않았단다. 우리는 자신의 몸을 여성스럽게 꾸미는 것이 속물적이고 의존적이라고 서로를 질타했으며 가슴이 드러나 보이지 않도록 헐렁한 티셔츠와 점퍼를 고집했다. (아아, 생각해보면 엄마의 가슴이 그나마 가장 봉긋했던 그때 그걸 가리고 다녔다니 아까워.) 그런 우리가 이른바 연애를 하고 결혼을 했으니 그런 남자와 여자 사이에서 갈등이 일어나는 건 어쩌면 너무도 당연한 것이었지. 그렇게 생각하지 않아도 갈등은 일어나기 마련인데 말이야.

　이 이야기는 나중에 또 할 때가 있을 테니 여기서 접자. 엄마가 이야기하고 싶은 요지는 남자와 여자는 정말이지 지구에서 살고 혈액형을 공유하고 있을 뿐 너무도 다르다는 거야. 첫째로 남자는 변하지 않으며 변할 생각도 없다. 더더군다나 여자에 의해 변하고 싶은 마음을 먹느니 고릴라들과 동거하는 것을 배우러 정글로 들어갈 거라는 거다. 만일 여자에 의해 변할 생각이 있었다면 이미 자신의 엄마에게 잘 변해 네게로 왔겠지.

인간이 잘 변하지 않는다고 하는데 그중 최고봉은 남자의 몫이야. 여자들은 모성이라는 유전자 때문에 어느 정도는 바뀔 수 있다. 실제로 사춘기에 몸의 선 자체가 극적으로 변하는 것은 여자이지. 게다가 임신으로 몸의 체중과 모양이 완전히 바뀌고 아기를 낳고 나면 젖이 불기도 하고 말이야. 아이 엄마가 되었다는 이유로 그 오랫동안의 야행성 습관을 바로 아침 일찍 일어나는 생활로 바꾼 엄마가 아마도 대표 선수일지 몰라.

서로 사귀던 남녀가 상대의 나쁜 점을 발견했을 때 여자들은 어떻게 할까? 대개는 그걸 참고 넘어가려 하든가 자신에 맞게 바꾸려 하지. 내가 조금만 더 잘해주면, 내가 저 책을 읽으라고 주면, 내가 그 사람의 강연에 그를 데리고 가면, 내가 호소하면…… 그가 혹시 바뀔 수 있을지도 모른다고 생각하는 거야. 왜냐하면 여자들은 그러니까. 우리는 언제든 사랑하는 사람을 위해 몸을 바꿀 의지가 있으니까. 그가 뚱뚱한 것을 싫어하면 살을 빼야겠다 결심할 수 있고, 그가 긴 머리를 좋아하면 머리를 기를 의향이 있고, 그가 좋아한다면 치마를 입고 만날 수 있으니까. 우리들은 배 속의 아기를 위해 맥주도 커피도 참을 수 있으니까. 그런 게 여자지.

그런데 말이야, 남자들은 어떨까? 그들은 상대방의 나쁜 점을 발견했을 때 어떻게 할까. 대답은 "참는다, 아니면 이별을 결심한다". 왜냐하면 그들은 우리를 그들과 똑같이 생각하기 때문이야. "내가 어떻게 하든 그녀는 절대로 바뀌지 않을 거야" 하고 말이야. 이제 뭐가 좀 잡히는 듯하니?

그럴 바에 나 자신을

"아니야, 엄마. 내가 아는 오빠는 그 언니 만나서 갑자기 마음 잡고 술과 담배도 끊고 새사람이 되었어" 뭐 이런 말은 하지 마라. 그건 악마가 여자들을 유혹하기 위해 부린 술수가 틀림없어. 여자들은 수만 년 동안 남자들을 길들이려고 했지만 언제나 헛되었어. 자신이 낳아 기른 아들도 호르몬이 변하는 사춘기가 되면 엄마의 의도대로 움직이지 않는데 무슨 수로 여자가 남자를 변하게 한단 말이니?

만일 어떤 남자가 어떤 여자를 만나 변했다면 그건 그 남자가 변하기로 마음먹었기 때문이란다. 그녀를 만나지 않았어도, 다른 여자를 만났어도, 강아지를 새로 키우거나 닭이나 고슴도치를 키웠어도

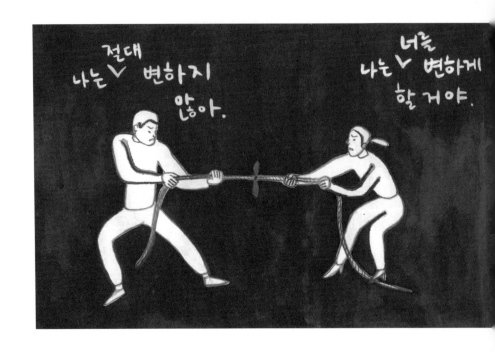

그가 그렇게 변했을 거라는 데 500원을 걸 수 있지. 불행하게도 그리고 감사하게도 우리에겐 다른 인간을 변하게 할 능력이 없단다. 차라리 그럴 시간에 네 친구가 자신을 더 좋게 변하게 하는 데 더 많은 노력을 기울였다면 얼마나 좋았을까 싶다.

또 하나. 남을 변하게 하려는 노력은 그를 분노케 한단다. 우리가 어떤 사람을 조종하고(잘 생각해봐. 이건 여자들이 가지는 아주 나쁜 점 중 하나. 조종 방법 중에서도 너 때문에 밥도 못 먹었어, 어제 그 말 때문에 잠도 못 잤어, 너 때문에 나는 이렇게 힘들었어, 하는 '죄책감 주기' 테크닉이 제일 많지) 변하게 하려 한다면 그 의도 속에는 '현재의 너는 형편없어' 이런 메시지가 들어 있단다. 현재의 너를 있는 그대로 사랑하기는 힘들다는 메시지 말이야. 말로 표현하지 않아도, 문자로 표현하지 않아도 이런 메시지를 좋아하는 사람은 세상에 단 한 사람도 없단다. 아마 그건 너조차도 그럴 거야.

"그럼 서로 사귄다는 게 뭐야? 서로 영향을 주고받고 상대를 위해 조금씩 양보하는 거 아니야?"라고 너는 묻는구나. 물론 서로 영향을 주고받지. 상대를 위해 내가 좋아하는 짜장면 대신 짬뽕을 먹을 수 있지. 상대를 위해 너무 짧은 치마는 입지 않을 수 있겠지. 그게 다란다. 이 이상을 바란다면 그건 네가 신의 입장에서 인간을 다시 창조하겠다는 거야. 다시 말하지만 네가 앞으로 낳을 아이조차 그래. 네 맘대로 되는 생명은 세상에 없거든. 그리하여 엄마도 언젠가 아주 아프게 깨달은 진실 하나. '네가 변하게 할 수 있는 사람은 너 자신밖에 없다', 이것을 한 번 더 깨닫는 거지.

친구에게 말해주렴. 실은 수많은 명분과 고귀한 가치를 가지고도 인간이 자기 자신 하나 변하게 하기가 얼마나 힘든지를 절절하게 체험한다면 남을 바꾸려 해서 아까운 시간과 에너지 그리고 소중한 관계를 낭비하는 일은 없을 거라고.

오늘은 친구를 초대해서 달달하게 김치비빔국수를 비벼주자. 그리고 떠나간 남자 친구의 험담을 실컷 하고 나서 말하는 거야. 이제 우리는 어떻게 변해볼까, 하고. 그러면 아마 오늘은 아주 좋은 하루가 될 거야.

할 수 있는 일과 없는 일을 구분해야 해

특별한 것이 먹고 싶을 때는
칠리왕새우

오랜만에 네가 집에 다니러 오는 날이구나. 너는 물었어. 앞서 엄마가 이야기했던 《제2의 성》에 대해서. 일단은 네가 그 책을 꼭 읽어보기를 바란다. 그 책은 아직도 여성해방의 고전. 엄청나게 많은 통찰과 지혜를 담고 있는 책이란다. 엄마가 그 책으로 인해 실수를 했던 것은 엄마의 편협한 생각 탓이지 시몬 드 보부아르의 탓이 전혀 아니야. 다만 엄마의 실수를 다시 이야기한다면 네가 조금은 더 그 책을 이해하고 인간을, 특히 남자와 여자를 폭넓게 보는 데 도움이 될까 싶다.

타고난 것과 할 수 없는 것

앞에도 이야기했지만 남자와 여자가 다른 이유는 단순히 어릴 때 덮던 파랑과 분홍색 이불에 있다고 너무도 단순하게 생각해버린 엄마는 딸인 네가 태어나자 인형 대신 자동차(로봇까지는 차마 사주지 못했지. 우선 여자인 내가 그걸 싫어했거든)와 동물 인형을 건네주었다. 어떻게 하든 이른바 여자다운 것을 피하게 하려고 이불도 파란색으로 덮어주고 말이야.

　어느 날 내가 보니까 네가 소꿉장난을 하는 와중에 네 자동차를
침대에 누이고 베개까지 베어준 다음 이불을 덮어주고는 자장가를
부르고 있더라고. 오 마이 갓! 그때 엄마의 머릿속으로는 너에게 영
향을 미쳤을 거라 생각되는 네 할머니, 외할머니 등등이 지나갔다.
역시! 나 혼자로는 안 된다 싶었던 거야. 마치 인간은 백지로 태어나
고 모든 것이 거기에 새로 쓰이는 것처럼, 무성無性으로 태어난 네게
누군가가 색칠이라도 하는 것 같았어.

　나는 더욱더 네게서 지나치게 여성적인 요소가 자라지 못하게
하려고 노력했다. 할머니들에게 짐짓 화도 냈어. 인간의 유전자를
우습게 봐도 너무 우습게 본 거지. 지금 생각해보면 내 뇌가 정말 못
말리게 청순했던가 싶다. 나중에 네 남동생들이 태어났을 때 나는
알게 되었단다. 인간에게 특별한 것이 있고 남자와 여자가 다름을
말이야.

　이 녀석들에게 차마 여자 인형은 사주지 못하고 틈만 나면 자동
차나 로봇 대신 곰 인형이나 토끼 인형 등을 사주었지. 남자에게 모
성애가 있어서 나쁠 것도 없다 싶어서 인형들을 그 사내 녀석들 등
에 업혀도 주고 재우는 법도 시범을 보여주고 말이야. 그런데 엄마
를 따라 이불 속에 인형을 넣고 예뻐도 하던 이 남자 녀석들은 어느
순간 위기가 닥치면 바로 이 인형들을 방패나 무기로 사용해버리는

거야. 한번은 둘이서 곰돌이를 하나씩 손에 들고 그걸 칼 삼아 싸우고 있는 것을 보았지. 자동차에 이불을 덮고 재우던 딸인 너와 비교해보면 별처럼 아득한 거리가 느껴지더라고.

엄마는 그 이후로 몹시 겸손해졌어. 너희가 남자와 여자로 태어났다는 것을 인정한다는 건 그런 것이었어. 우리가 후천적으로 할 수 있는 것과 할 수 없는 것을 구분해야 했고, 실은 날이 갈수록 후자가 별로 없다는 것을 깨닫고 있어.

예전에 엄마가 인터뷰를 했던 가야금의 명인 황병기 선생은 중학교에 올라간 어느 날 가야금 교습이라는 간판만 보고 들어가 평생을 그것을 위해 바쳤다고 했다. 가야금 실물이 아니라 가야금이란 글씨 말이야. 피아니스트 백건우 씨도 그런 비슷한 이야기를 했지. 더 황당한 이야기도 해줄 수 있어.

엄마 책 《봉순이 언니》가 불가리아에서 발간되어 수도 소피아를 방문한 적이 있었다. 어디를 구경하고 싶냐고 묻기에 소피아 외곽에 아직 남은 집시 주거촌을 보고 싶다고 했어. 그분들이 나를 데려간 곳은 집시촌에 한국의 개신교가 작은 교회를 세워놓은 곳이었어. 내가 방문했을 때 막 예배가 끝나고 집시 청소년 몇이 예배당에 남아서 놀고 있었지. 그들은 풍금으로 엄마에게도 익숙한 찬송가를 치고 있더라고. 내가 물었지. "여기서 아이들 풍금도 가르치시나 봐요." 그러자 선교사분이 대답했어.

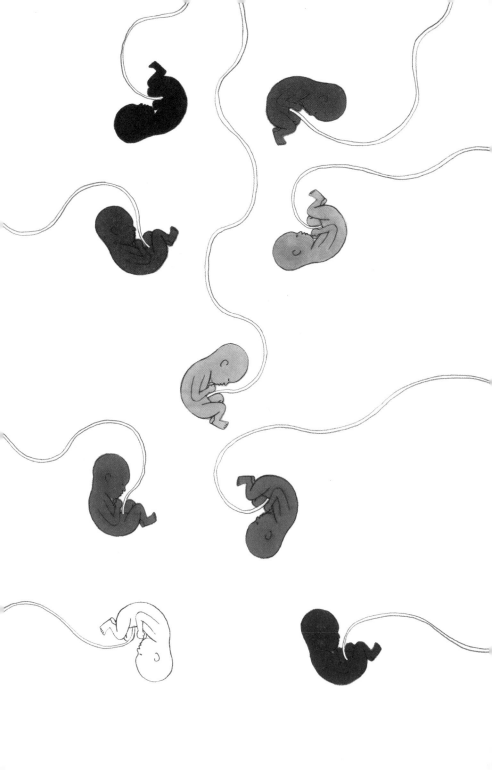

"아니에요. 이 아이들 오늘 여기 처음 왔고 풍금을 처음 보았다기에 제가 아까 찬송가를 연주해주었더니 몇 번 듣고 바로 치는 거예요."

집시 아이들이 학교교육을 전혀 받지 못했다는 설명을 들은 터였다. 예전에 소설책에서 그들이 뛰어난 음악성을 지니고 있다는 내용을 본 것을 나는 그 순간 기억했다. 그래도 이건 좀 너무하다는 생각이 들었어. 유전자가, 재능이 이렇게까지 절대적이리라곤 생각하지 않았거든. 물론 그제야 내가 다섯 살 때부터 피아노를 배우고도 6학년이 되도록 끝끝내 바이엘도 다 떼지 못했던 것이 결코 우연이 아니구나! 위안이 되기도 했지.

현실은 생각보다 늘, 훨씬 드라마틱하단다. 성 프란치스코가 "주님, 제가 오늘 할 수 있는 일은 하게 해주시고 할 수 없는 일은 당신께 맡기게 해주시며 이 둘을 구분하는 지혜를 주소서" 했던 기도는 그러니까 인생에 대한 이런 통찰에서 나온 것이었을 거야. 실제로 자기가 어떤 사람인지, 어떤 점을 타고났는지 잘 살펴보고 아는 것은 아주 중요하다.

엄마가 바이올리니스트나 피아니스트가 되고 싶어 하루에 10시간씩 나의 모든 것을 바쳐서 연습했다면—그럴 리가 전혀 없다고 느껴지지만 어쨌든 매를 든 부모에게 훈육을 당해 그랬다고 가정한다면—나는 그냥 괜찮은 연주가가 될 수 있었을 거다. 괜찮은 선생이 될 수도 있었겠지. 그러나 단언컨대 나는 좋은 연주가가 될 수는 없었을 거야. 그리고 어느 날 펜을 들어 글을 쓰며 "나 그냥 이거 하고 살래요!" 뒤늦게 선언했을지도 몰라. 이것이 바로 자신을 잘 살펴봐야 하는 이유야.

특별한 요리가 먹고 싶을 때

그래 오늘은 모처럼 특별한 요리를 준비하고 있단다. 손님을 초대하거나 특별한 것이 먹고 싶을 때 해 먹는 칠리왕새우. 전에 엄마가 손님을 초대할 때 집에서 해주던 요리. 이것도 역시 쉬워. 이젠 너도 예상할 수 있지?

우선 냉동 왕새우 열 마리를 준비하자. 상온에 놓아두어 녹이고는 깨끗이 씻자. 새우 등의 두 번째 마디에 이쑤시개를 넣어 내장을 빼. 하면 좋지만 귀찮으면 패스. 넓은 프라이팬에 기름을 두르고 새우를 껍질째 투하해 익혀. 회색빛 새우가 새우깡에 들어가는 새우처럼 빨갛게 되면 뒤집고 반대편도 익으면 접시에 담아둔다. 맛있는 새우 냄새가 온 집 안에 날 거야. 이제 칠리소스 차례.

양파를 1개나 반 개(네 마음대로), 청양고추나 파프리카 1개를 잘 다진다. (알지? 청양고추를 넣으면 매콤해서 입이 맵지만 알싸한 맛이 있먹으면서 화이트 와인을 한잔하자.

엄마가 이야기하잖아.

그러니까 누군가를 네 입맛에 맞는 사람으로 바꾸려고 하지 마라.

누군가 너를 그의 입맛에 맞게 바꾸려고 하거든

그와는 조금 거리를 두는 것이 좋아.

고 파프리카는 순한 맛이 나지.) 다지는 게 여의치 않으면 길쭉하게 채를 쳐도 좋아. 당근도 넣고 싶으면 오케이. 아까 새우를 볶던 기름에 이 채소들을 넣고 볶아. 양파가 투명하게 되면 케첩 다섯 숟가락, 설탕 한 숟가락, 칠리소스(없으면 이 양만큼 다시 케첩을) 다섯 숟가락, 가능하다면 여기에 소주나 맥주 혹은 청주나 화이트 와인 남은 것을 한두 숟가락 넣어. 그러면 보글보글 끓을 거야. 여기에 아까 익혀둔 새우를 투하, 양념이 살짝 배도록 뒤적뒤적하면 끝! 이란다.

여기에 채소를 곁들여. 취향에 따라 마늘을 다져 넣어도 좋고 고춧가루를 살짝 쳐도 돼. 중요한 것은 너의 취향. 먹어도 죽지 않으니까 늘 실험을 해봐. 옷을 잘 입는 사람의 비결이 뭔지 아니? 사서 못 입었던 옷이 엄청 많았다는 거. 요리 잘하는 사람의 비결? 망친 요리가 많았다는 거야. 그러니 두려워 마. 그리고 이 재료들은 아무리 넣어 먹어도 죽지 않을 뿐만 아니라 아주 맛있단다.

이걸 접시에 담고는 한 마리씩 앞 접시에 가져다가 그 자리에서 껍질을 벗겨 먹는 거야. 껍질을 벗기는 동안 껍질 밖의 소스가 살로 묻어 들어가 맛이 있단다. 깨끗이 씻은 손으로 새우 껍질을 벗기다가 손가락에 묻은 소스를 살짝 빨아 간을 맞추어도 좋아.

알지? 새우 꼬리에는 새우에 들어 있는 콜레스테롤을 다시 제거하는 성분이 있다고들 하는 거 말이야. 새우를 바싹 익혀냈을 경우에는 다리와 머리도 아주 맛있어. 살을 발라 먹은 후 머리와 다리,

꼬리 껍질을 모아 한 번 더 센 불로 기름에 튀겨내면 새우깡보다 맛
있는 칠리왕새우 안주가 된단다. 식사가 끝나고 디저트로 맥주나 와
인을 마실 때 이걸 디저트 과자처럼 내봐봐. 사람들이 탄성을 지를
것이다.

이 요리의 가장 큰 장점은 우선 양이 많아 보이고 근사하다는 것
이야! 새우, 그것도 왕새우니까. 게다가 뭘 많이 먹은 것 같은데 배
가 그리 차지 않는다. 이건 현대의 음식이 가져야 하는 미덕 중 하나.

이렇게 먹어도 여의치 않으면 프라이팬이나 큰 냄비에 굵은 소
금을 잔뜩 깔고 새우를 올려놓은 뒤 뚜껑을 덮어. 한 김 오르고 새
우가 붉어지면 먹어도 돼. 이것도 아주 맛있는 새우 요리 중 하나지.
주로 대하가 나는 추석 무렵에 싱싱한 걸로 이렇게 먹으면 아주 맛
있어.

때로 영혼은 우리보다 많은 것을 알고 있다

먹으면서 화이트 와인을 한잔하자. 엄마가 이야기하잖아. 그러
니까 누군가를 네 입맛에 맞는 사람으로 바꾸려고 하지 마라. 누군
가 너를 자기 입맛에 맞게 바꾸려고 하거든 그와는 조금 거리를 두
는 것이 좋아.

백합은 가시가 있을 수 없고 나팔꽃은 꼿꼿이 설 수가 없단다. 그것을 부끄러워하거나 고치려고 해서는 안 돼. 고치려고 하는 순간, 네 영혼은 네가 너를 거부하고 너를 미워하는 것이라고 알아듣고 말 거야. 때로 영혼은 우리보다 많은 것을 알고 있다. 영혼은 자신을 싫어하는 혹은 미워하는 자아가 시키는 일에 복종하지 않아. 영혼은 진정 사랑받고 있다고 느낄 때, 충분히 인정받고 있다고 느낄 때만 자신을 변태시키려고 한단다. 그것도 자신이 타고난 한도 내에서 말이야.

위녕, 이것은 결코 절망적인 소식이 아니야. 오히려 모든 사람에게 일률적으로 학습을 시키고 그것을 조금이라도 못하는 이에게 죄책감을 심어주는 이 사회에서 우리가 잘 알아야 할 점이야. 그러므로 언제나 자신을 잘 살피고 물어서 자기가 누구인지 아는 것은 아주 중요한 일이며 마땅히 해야 할 일이기도 하다. 저기 저 연예인이 입은 옷. 저기 내 친구가 다루는 악기는 중요하지 않아. 네 영혼이 원하는 것을 살펴라. 그것을 선택할 때 너는 그것을 잘할 수 있어. 그리고 행복할 거야. 그렇지?

살기 위해 노동하지만
노동이 우리를 살게 한다

지리산 친구들에게 건배하기 위한
굴무침

돈을 벌러 다니는 일은 숭고한 일이야. 돈을 벌기 위해 육체 혹은 정신을 사용해 노동하는 일은 신성한 일이다. 그중에서도 특히 육체를 움직이는 노동은 우리 영혼에 아주 유익하단다. 모든 노동 중에서 머리를 별로 쓰지 않고 육체만 사용하는 노동은 있어도(뭐 생각해보니 그런 것도 거의 없지만, 비교적 육체만 사용하는 노동 말이야) 오직 머리만 쓰는 노동은 (설사 그게 스티븐 호킹이라도) 거의 없으니 모든 노동은 실은 육체노동이라고 할 수 있지. 남들이 다 머리를 써야 하는 것으로 아는 소설 쓰는 일도 그래.

엄마가 말하지만 소설가의 가장 큰 미덕은 엉덩이 힘이 세야 한다는 것이야. 아, 내 입으로 이런 말을 하려니 좀 우습긴 하다. 나는 소설가의 가장 큰 미덕은 어쨌든 앉아 있는 힘이라고 생각해. 그러자면 엉덩이와 허리가 특히 튼튼해야 해. 엄마 친구인 교수도 이 말을 하더라고. 학문을 하는 데도 허리와 엉덩이 힘이 최고의 조건이라고 말이야. 시 창작이야 지체장애인들도 하잖아. (이런 말 듣고 화내는 시인이 의외로 많더구나. 시도 끈질기게 앉아 있는 힘에서 나온다고 하니 말이야.) 그러니 실은 모든 노동은 육체노동이다.

노동을 몸소 해본 사만이 아는 것

　직접 육체를 움직여 노동을 하다 보면 가장 먼저 얻는 이득이 우리가 참으로 겸손해진다는 것이야. 너도 아는지? 해도 해도 끝이 없는 집안일 같은 것은 인간의 한계를 저절로 우리에게 알게 해준다. 남들이 하는 것(주로 엄마가 하는 것을 보아왔겠지)을 보면 당연하고 또 쉬운 일인 것 같지만 막상 내가 해보면 우리의 육체가 생각보다 아주 약하다는 것을 알게 돼. 무거운 것을 조금만 나르거나 하면 바로 아파지는 팔과 허리. 생각보다 꽤 오랜 시간이 걸리는 서랍 정돈 같은 일을 하고 나면 우리는 벌써 지쳐버리곤 하거든.

　여름날 밭에서 김을 매거나 논에 모를 내거나 장작을 패거나 추수를 해보면 이 겸손은 거의 머리가 땅에 닿을 듯 사무쳐진다. 머리로 생각할 때 별것도 아니고 얼마든지 할 수 있을 것 같던 일이 실은 얼마나 노고가 드는 일인지 알 수 있고 말이야. 그래서 설사 우리가 그 노동을 직접 하지 않고 남을 시키게 될 때도 그것을 업신여기지 못하게 되니까 당연히 그것을 수행하는 사람을 업신여기지도 못하겠지. 이른바 '갑질'이라는 것은 진정 이 육체를 움직여 노동을 몸소 해본 자가 할 일이 아니란다.

　어쨌든 장담하건대 노동하지 않는 사람들은 타락의 길로 들어선다. 타락이란 참으로 여러 가지가 있지. 그리고 한 개인의 타락은 그

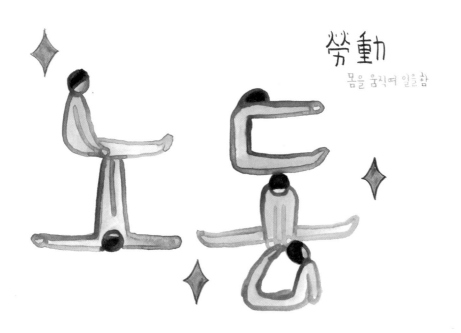

勞動
몸을 움직여 일을 함

나라 전체의 타락이다. 이 타락이라는 것은 제국을 무너뜨릴 가공할 힘을 가지고 있단다. 생각해봐. 왜 모든 세계사 속 제국의 멸망 원인에 꼭 '성적 타락'이 들어가 있는지 말이야.

지나치게 단순화하는지 모르겠지만 이걸 육체노동과 국가의 정신이라는 측면에서 바라보면, (육체노동을 극히 천하게 여겼던 로마조차) 그 육체를 제국의 확장과 설립 등 활발한 육체가 필요한 곳에 쓰지 못하게 되자 바로 성적 타락으로 이어졌다. 성적 타락 자체가 어쩌면 문제가 아니라(성적 순결이 그 전에 있어서 제국을 끌어올렸다고 생각되지는 않으니까 말이야) 육체의 에너지가 방향을 잃는 것, 이것을 성적 타락으로 표현하지 않았나 싶어. 실제로 로마 말기의 식생활을 연구하는 분들의 책을 보면 로마 말기 귀족들의 파티에는 먹고 토하는 그릇이 따로 마련돼 있었다고 하는구나.

톨스토이가 쓴《크로이체르 소나타》라는 소설에는 그런 성찰이 나오지. 과잉 영양을 노동으로 소모하지 못하는 자가 갈 곳은 성적 집착과 타락이라고. 과잉 영양과 육체노동의 결여는 모두의 멸망이라고. 아마 불교의 스님들이 채식만을 하시고 또 엄마가 방문한 유럽의 수도원에서 저녁 식사를 극히 가볍게 제한하는 이유도 이것과 관련 있을 거야. 엄마가 자주 가는 경북 칠곡군 왜관의 베네딕도 수도원에서는 저녁에도 아주 맛있는 식사를 하는데 대신 그분들은 육체적 노동을 중요하게 생각하시니 말이야.

엄마가 너희들이 어느 정도 큰 다음에는 굳이 도우미 아주머니를 예전처럼 쓰지 않으려고 하는 이유도 이런 거야. 해도 해도 끝이 없는 집안일이 참으로 나를 겸손하게 해주고 맑게 해주더라는 것을 깨달았기에. 물론 그렇다고 내가 그걸 막 좋아한다는 이야기는 절대 아니니 오해 말기를.

엄마가 이 이야기를 이렇게 장황하게 늘어놓는 이유는 "엄마, 돈을 안 벌고 살 수 있는 방법이 있을까?" 하고 네가 물어 왔기 때문이란다. 그래, 돈을 안 벌고 살 수 있는 방법을 아는 사람들이 있겠지. 물려받은 재산이 평생 쓰고도 남을 만큼 많은 인간들. 그것의 도덕성을 따지기 전에 일단 우리는 그 부류가 아니니 패스. 그러고 나면 남는 대답은 이거야. 없다!

모든 욕심을 버린 노동

대신 아주 적게 벌며 사는 수가 있긴 하지. 엄마의 책《지리산 행복학교》가 바로 그거야. '많이 쓰지 않는 삶을 산다면 많이 벌지 않아도 되지 않는가?' 하는 평범한 질문과 깨달음 끝에 지리산으로 내려간 엄마 친구들 이야기. 그중 버들치 시인은 정말로 그렇게 산다. 대신 그는 자기 먹거리를 농사지어. 된장도 담그고 매실 효소도 남그고 곶감도 만들어. 나물도 말리고 찻잎도 덖지. 심지어 그는 우리가 가면 요리까지 한단다. 돈을 벌지 않는 삶과 노동을 하지 않는 삶이 같은 이야기가 되지 않는다는 것을 이제 알겠지?

그보다 좀 더한 이가 지리산의 최 도사. 한때 최 참판 댁 세트장에서 일주일에 두 번 주차 요원을 하며 일 년 연봉 200만 원을 자랑하던 그가 요즘에는 그 아르바이트 일마저 끊겨 집에 있단다. 그는 아슬아슬하게도 노숙자와 일반인 사이에 있다. (물론 그는 이 말을 아주 싫어해. 가끔 서울에 오면 때 빼고 광을 내고 왔는데도 자기를 자꾸 노숙자인 줄 알고 슬금슬금 도망간다고 막 화를 내곤 하지.)

그의 경우 요즘에는 노동해서 돈을 버는 일이 거의 없다. 그는 많은 것을 거의 "얻어먹고" 있어. 그런데 그는 자신의 산방에 땔나무를 해 오고 텃밭을 일구고 산감을 따서 고마운 분들에게 줄 곶감을 깎아 매단다. 내가 아는 이 중에 그가 노동을 가장 적게 하지만 그는 동네에 일이 있으면 언제든 내려가 부지런히 돕는단다. 그러니 그 역시 노동을 하지 않는다고는 못하지. 대신 그는 내게 그런 말을 한 적이 있어. 지리산으로 내려가 돈이 들지 않는 삶을 살아야겠다고 결심하는 순간부터 그런 생각을 했다고 해. 먹는 것과 입는 것, 편안한 것에 대한 모든 욕심을 버린다고 말이야. 그는 실제로 한 끼 정도밖에 먹지 않아. 옷은 옷장이 필요 없이 세 벌 정도?

위녕, 엄마는 꽤 돈이 많고 학식도 많은 상류층의 사람들을 많이 만나보았단다. 솔직히 나는 그들 중에 행복해 보이는 사람을 본 일이 거의 없어. 물론 그들이 불행해 보였던 것은 아니야. 아주 불행할 비율은 엄마가 만난 가난한 사람들보다 적다고도 할 수 있었어. 돈이 어느 정도 완화해줄 수 있는 불행은 참으로 많으니까 말이야. 그런데 적어도 내가 만난 그들은 '지루해' 보였어.

모르겠어. 나는 여러 번 강렬한 이 인상을 받았다. 그들은 정말 많은 옷을 갈아입고 수많은 명승지를 여행하고 골프와 승마 혹은 산악자전거나 요트를 즐기며 버라이어티하게 살고 있는 듯했지만, 심지어 그들은 얼마든지 춤이나 섹스의 파트너도 바꾸고 있었지만 나는 그들이 늘 지루해하고 있다고 느꼈단다. 그러니까 그것은 가진 것이 많은 자의 '둔함' 같은 것이었어. 내가 그들과 별로 어울리고 싶지 않은 이유 중에는 "내 처지가 그들과 어울릴 만하지 않아서"라는 것 외에도 바로 이런 단점이 있어.

뭐랄까 영혼의 생동감? 유연함? 삶의 역동성? 같은 것을 가장 많이 느낀 부류는 나의 경우는 시인과 성직자 정도? 놀랐다고? 그래 놀랍지. 나도 처음엔 전혀 알지 못했던 거란다. 여기에 소설가는, 그러니까 잘나가는 소설가는 끼지 않아. 시인이나 성직자라고 해도 '세상에서 잘나가는'이라는 수식어가 붙은 모든 이는 여기에 끼지 못해.

이들의 특징을 나중에 생각해보니 인문학적 소양과 존재의 가벼움이었나. 존재의 가벼움 말이야. 이 세상에서 버거운 질량을 가지고 존재하는 돈다발, 땅문서, 집, 건물, 전자 제품, 자동차 혹은 인간 관계에 대해 별로 집착할 것도 지킬 것도 없는 이들은 놀랍게도 훨씬 더 질량이 나가는 나무와 산과 들, 그리고 강과 바다와 우주와 별을 즐기고 있더란 말이지. 그리하여 놀기 좋아하고 웃기 좋아하는 나 같은 사람은 이들과 함께 늘 같은 소주를 먹고 늘 같은 삼겹살 혹은 싸구려 막회를 먹으면서 우주의 유머를 알아버렸던 말이지. 삶이 막 의미 있고 재미지더란 말이야.

모든 노동의 신성함을 위해서

네게 꼭 그런 삶을 살라고 하는 게 아니야. 다만 그런 삶이 존재한다는 것, 심지어 겨우 존재하는 것이 아니라 '의미 있고 재미나게' 존재한다는 것만으로도 우리의 피곤은 얼마나 쉴 곳을 찾는지.

오늘은 잔소리 아닌 잔소리를 너무 많이 하다가 서로 저녁 레시피를 놓쳐버렸네. 음, 냉장고에 보니 굴이 달랑 한 봉 있다고? 전을 부칠 달걀도 밀가루도 없다고? 그럼 굴무침을 해먹자. 엄마가 실제로 굴이 제철인 계절에 다이어트로 잘 먹는 저녁. 굴 한 봉지를 씻어 물기를 잘 빼고 여기에 간장 반 숟가락(짤 수 있으니 엄청 주의), 마늘

엄마도 봉지 굴을 하나 사 와

이런 저녁을 먹어야겠다.

엄마에게는 작은 술잔도 하나 필요할 거야.

다진 것 티스푼 하나, 잘게 다진 파 한 티스푼, 참기름 한 숟가락, 깨한 티스푼 넣어 무쳐. 끝!

　여기에 레몬을 반 개 짜서 뿌려도 좋아. 냠냠 먹으면 돼. 처음부터 아무 양념도 넣지 말고 레몬을 짜서 먹어도 좋은데, 그 경우 이상하게 1시간쯤 있다가 밥이나 라면이 먹고 싶더라고. 그런데 이렇게 밥반찬처럼 양념을 해서 후루룩 먹거나 안주 삼아 먹으면 밥 생각이 안 나. 밥을 좋아하는 사람의 경우는 뜨거운 밥에 이 무침을 얹고 맨 김 자른 것을 싸 먹으면 좋아. 아, 결국 밥 생각이 나고 말았네.

　엄마도 봉지 굴을 하나 사 와 이런 저녁을 먹어야겠다. 엄마에게는 작은 술잔도 하나 필요할 거야. 지리산 친구들을 위해 건배해야겠다. 그들도 지리산에서든 아니든 틀림없이 한 잔씩 하고 있을 테니. 참, 그리고 모든 노동하는 이들을 위해서, 모든 노동의 신성함을 위해서! 인간은 살기 위해 노동하지만 노동이 결국 우리를 진정 '살게 하는' 신비를 위해서! 건배하자.

물어보라 "지금 사랑을 느껴?"

향기롭고 든든한
불고기덮밥

엄마의 엄마는 가을비 내리는 저녁이나 비가 부슬거리며 오는 날, 말하자면 집 안의 불빛이 그립고 식구들과의 저녁 밥상이 그리운 날 엄마에게 이 요리를 해주셨어. 외할머니의 말에 따르면 마땅히 해 먹을 것도 없을 때 냉장고에 사다 놓은 불고기 재운 것을 꺼내면 되는 아주 간단한 것이지. 그런데 먹는 입장에서 이 덮밥은 정말 따스하고 달콤하고 향기롭고 든든했어. 아, 네게 이 글을 쓰면서 새삼 배가 고파지는구나.

그러면 먼저 요리를 해볼까?

엄마의 다른 모든 요리들과 마찬가지로 이 요리도 엄청 간단해. 불고깃감을 사서 불고기 양념에 재운다. 한국 요리에서도 불고기 양념 레시피는 머리에 간단히 넣고 있는 것이 좋아.

일단 200그램 쇠고기의 경우 진간장 세 숟가락, 설탕 두 숟가락(단거 싫으면 한 숟가락), 파·마늘 약간(모든 불고기에 파는 넣지 않아도 좋아. 오히려 다진 마늘만 넣었을 때 시크한 맛이 나기는 해). 이렇게 섞어 만든 양념에 쇠고기를 재워놓고(뭐 시간 없으면 재우지 않고 바로 요리해도 좋아. 이걸 그냥 프라이팬에 구우면 불고기가 되는 거지) 후추를 조금 많이 뿌려둔다. 여기서 후추가 아주 중요해. 나중에 이 불고기덮밥의 기억 속에서는 늘 후추의 그 톡 쏘는 맛이 났어. 후추 알갱이가 있거든 통째로 같이 넣어도 좋아.

주먹만 한 양파 1개를 썬다. 음, 먼저 반을 자르고 반을 엎어놓고는 최대한 가늘게 착착착(뭐 두꺼우면 두꺼운 대로 좋아). 프라이팬이나 냄비에 이 재료들을 다 넣고 물을 종이컵 두 컵 정도 넣어. 그리고 끓이는 거야. 취향에 따라 물을 더 넣어도 좋고 전혀 넣지 않아도 좋아. 물을 넣지 않을 때는 프라이팬에 눌어붙지 않도록 조금 저어주어야겠지. 엄마의 경우는 덮밥이니까 역시 물을 조금 넣고 자글자글 끓여.

끓을 때 다시 간을 보아서 싱거우면 간장을 조금 더 넣어라. 혹시 너무 짜다 싶으면 달걀을 하나 풀어서 넣고 휘이 저어. 마치 일본음식 돈부리 같은 느낌이 나지. 카레라이스를 먹으면 좋은 접시에 밥을 담고 이 불고기를 그 위로 덮어. 끝! 그리고 김치와 먹으면 맛있단다.

사랑한다면 이럴 리 없다?

엄마의 엄마는 가끔 고기는 적고 양파가 아주 많은 덮밥을 주시기도 했는데 지금 생각해보면 그때는 할아버지의 월급날이 가까운 너무 사랑하는 것은 없어.

정말 사랑하는가, 사랑이라고 생각하고 집착하는가가 있을 뿐이지.

그래도 불고기덮밥은 소화도 잘되고 속을 편하게 한단다.

날이었던 것 같아. 돈은 떨어지고 아이들은 배고파하고 그럴 때 양파를 아주 많이 넣고 고기는 적게 넣어서 불고기 양념에 요리해주셨던 것이지.

그렇게 냠냠 먹고 나면 불고기에 밥을 잘 먹은 것 같은데, 심지어 국이나 찌개를 먹은 것 같은 느낌도 나는데 설거지할 접시가 적으니까 더 좋기도 하지.

그래 오늘은 너의 그 질문에 대답하기로 하자. 그렇게 잘해줬는데도 여자 친구를 배신한 네 친구의 남자 친구에 대해서 말이야. 엄마가 보기에 여기서 비극의 포인트는 '그렇게 잘해주었는데'에 있다. 그 여자 친구는 그 남자 친구에게 어떻게 잘해주었다고 하니? 아마도 그 여자 친구가 사랑하게 되면 '마땅히 이러해야 할' 그런 수위로 잘해주었겠지? 상대방에게 "내가 어떻게 해줄 때 너는 사랑을 느껴?"라고 물어보지 않았겠지. 그런데 말이야. 이게 아주 중요해. 물어봐야 하는 거야.

어떤 사람은(남자든 여자든 말이야) 모든 걸 챙겨주고 밥을 주고 이런 때 사랑이라고 느끼고, 어떤 사람은 함께 놀아줄 때(즉 영화도 보고 산에도 가고 여행도 가고 늘 시간을 내어 함께 있어줄 때) 사랑이라 생각하기도 하지. 어떤 사람은 자신을 지지해주고 응원해줄 때(예쁘다, 멋있다, 훌륭하다 등등의 찬사를 늘 받을 때) 그렇게 생각한다고 해. 그리고 어떤 이는 육체의 사랑을 나누는 것이, 그게 섹스든 스킨십이든 많으면 많을수록 사랑한다고 느껴서 이 육체가 그 모든 것보다 아주 중요할 수도 있다는 거야.

엄마의 경우는 시간을 함께해줄 때 사랑이라고 느꼈던 것 같아. 남자 친구가 바쁘다고 하면 늘 서운했던 것 같아. 혼자 산에 가고 싶지 않고 혼자 극장에 가기 싫었던 젊은 날이 있었단다. 나와 함께해주지 않으니 사랑이 아닐 거라고 오해하고 그랬던 것 같아. 그게 사랑의 그저 한 유형이라는 것을 모르고 '사랑한다면 당연히' 그래야 한다고 생각했던 거지.

'간섭할 때', '믿어주지 않고 의심할 때'는 어떤 좋은 것이 있어도 헤어지려고 마음먹었던 거 같아. 그 하나만으로 모든 장점들이 폭탄 맞은 듯이 다 사라지고 말았고 분노를 일으켰지. 사랑한다면 "나를 의심하고 이렇게 들들 볶을 리가 없다" 이러면서 말이야.

우리가 가지는 집착이 여러 가지가 있어. 돈, 연애, 공부, 명품 뭐 등등. 이 집착도 어쩌면 그중에 하나야. '너는 마땅히 이러이러해야 한다'라는 집착 말이야. 이 집착의 조건 절에 들어갈 단어는 참 많단다. '네가 나를 사랑한다면', '네가 부모라면', '네가 학생이라면', '네가 자식이라면' 등등 말이야. 그러나 큰 틀에서 생각해보면 이건 그냥 내 생각, 내 집착일 경우가 많더라고.

네 친구는 챙겨주고 살펴주고 했던 것을 아마도 사랑이라 생각했고 자신이 받고 싶은 혹은 받고 싶었으나 어린 시절 받지 못했던 그 '챙김'을 사랑이라고 생각했을 수 있다. 이런 여자 친구의 경우. '챙겨주고 뒷바라지해주는 것'이 사랑이라고 생각하는 남자를 만나면 둘의 관계는 큰 갈등 없이 잘 발전할 수 있다. 심지어 나중에 결혼했을 때 이혼할 확률도 아주 낮다고 하더라고. 특별히 참을성이 많고 특별히 인격이 고매해서가 아니라 서로가 원하는 사랑과 관심의 유형이 잘 맞아서 그러는 거지.

인생의 비책 중 하나, 물어본다

자, 다시 네 친구 이야기로 돌아가보자. 여자들은 '챙겨주는' 걸 사랑이라고 생각하는 유형이 더 많아. 그래서 그걸 그다지 중요하게 생각하지 않는 남자 친구에게 이런 실수를 자주 하지. '원하지도 않는' 옷을 사주고 '원하지도 않는' 도시락을 싸 오고 '원하지도 않는' 문자를 넣어 잔소리를 하는 것 말이야. 그러다가 상대방이 그걸 조금 귀찮게 여기는 기색이라도 발견하면 "어떻게 네가 나에게 이럴 수 있느냐"며 울고불고한다. 이런 피곤함이 계속되고 여기에 엄마가 앞에서 이야기했던 '무조건 주는 모든 A는 무조건 받는 모든 B에게 배신당한다'라는 법칙이 더해지면 모든 것은 이미 결정되었다고 해도 과언이 아니다. 이런 건 운명이 아니야.

엄마의 경우 대개의 남자들은 잘해주는 것 999가지가 있다 해도 (돈도 주고 밥도 주고 사랑도 주고 해도) 그녀에게 싫은 것 한 가지가 있으면 그녀와 헤어지곤 하더라고. 그 싫은 것은 이른바 '지나친 간섭'과 '육체적 매력의 결여'. 그런 경우를 많이 보았어. 그런데 이 둘 중에서 마지막 한 가지 '제일 싫은 것의 랭킹 1위'는 단연 간섭이다. 왜냐고? 모르겠어. 그들도 딱히 뭐라 말하지 못하더라고.

예를 들어 아무리 모든 것을 잘해주고 여신적 미모를 하고 있어도 자신을 간섭하고 이른바 '볶는' 여자라면 남자는 거의 100퍼센트 이별을 결심하더구나. 거꾸로 뚱뚱하고 이른바 못생기고 해주는 것이 없어도 마음이 너그럽고(여기서 너그럽다는 것은 인류에 대해 그렇다는 게 아니야. 상대 남자에 대해) 볶지도 않고 심지어 자신을 믿고 존경하는 여자를 상대 남자는 결코 떠나지 않아. 왜냐고? 나도 모른다. 그건 '왜 봄이면 꽃이 피어?'라거나 '왜 가을엔 낙엽이 지지?' 하고 묻는 것과 아주 비슷해. 꽃이 피니까 봄이고 잎이 지니까 가을인 거야. 심지어 모든 꽃이 봄에 피지도 않고 모든 이파리가 가을에 지는 건 아닌 것까지도 닮았지.

여기서 다시 인생 팁을 하나 줄게. 언젠가 책에서 읽고 충격을 받은 건데 성공한 인생의 일곱 가지 법칙인가 뭐 이런 거였어. 성공한 이들의 인생 습관 중 하나는 '물어본다'였지. 잘 모르겠거든, 모호하거든, 헷갈리거든, 오해하는 게 아닌가 싶거든, 물어본다, 는 거야. 이게 인생의 비책 중 하나인지 누가 알 수 있었을까? 그 문장을 데리고 며칠을 살면서 나는 내가 인생에서 얼마나 묻지 않고 살았는지 깨달았단다. 얼마나 많은 오해를 하고, 얼마나 많은 오류를 저지르고, 그래서 결국 관계를, 인생을 거짓으로 만들고 말았는지 말이야. 물어보면 될 것을 가지고 말이야.

마음을 돌리는 한 가지 방법, 보내주기

네 친구에게 가서 말해주렴. 헤어지기 싫으면 이른바 '버림받기' 싫으면 남자 친구를 내버려두고 보내주라고 말이야. 물어보라고 해. "헤어지고 싶니?" 해서 그가 "응" 하면 "그래, 원하는 대로 해줄게" 하고 보내주는 거야. 처음으로 남자의 말을 순하게 들어주는 거지. "잘 모르겠어" 하면 "잘 알게 되면 다시 오라"고 보내주는 거야. 이를 꼭 물고 말이야.

헤어지려는 남자의 마음을 돌리는 단 한 가지 방법은 그를 보내주는 거야. 무슨 말이냐고? 헤어지려는 남자는 어떻게든 간다. 그나마 쿨하게 보내주면 갔다가 혹은 가려다가 다시 오는 경우가 0.001퍼센트 정도 있다고 해. 만일 잡는다면? 그 확률은 완벽하게 제로로 내려가고 심지어 인생에 길이 기억될 최악의 이별을 할 확률이 높이 올라간단다.

　힘들어서 안 된다면, 남자를 보내줄 수 없다면 강도 높은 심리 상담을 받아보기를 권한다. 이건 정말이야. 너무 사랑해서, 라는 말은 거짓이야. 엄마들은 너무 사랑하기에 그 아이들을 떼어내서 학교에 보낸단다. 너무 사랑하기에 자신의 아이들을 다른 사람과 짝을 지어 멀리 보낸단다. 너무 사랑하는 것은 없어. 정말 사랑하는가, 사랑이라고 생각하고 집착하는가가 있을 뿐이지. 엄마 말이 너무 어려웠나? 그래도 불고기덮밥은 소화도 잘되고 속을 편하게 한단다.

기분 나쁠 때는 마시지 않는다

술 마신 다음 날엔
두부탕

인생을 살다 보면 술을 마셔야 할 때가 있고, 마시고 싶을 때도 있지. 술이란 것이 다른 식품에 비해 그것을 만들고 발효시키는 데 너무도 많은 노동과 에너지가 들어가야 함에도 불구하고 인류가 언제인지도 모를 까마득한 옛적부터, 어느 지역이라고 할 것도 없이 끝없이 넓은 지역에서 술을 만들고 마셔왔다는 것은 그것이 인간에게 미치는 영향에 대단한 점이 많았다는 방증일 수도 있겠다. 10분도 안 되어 호로록 사라지는 그 액체를 만들기 위해 인류가 들인 시간과 공을 생각하면 참 대단하지. 이렇게 허무한 식품이 있을까 싶은 생각도 들지만 말이야. 때로는 이 허무한 것이 참으로 좋은 때도 많아.

엄마는 이런 허무한 것을 좋아한단다. 술과 꽃과 양초 같은 거 말이야. 엄마는 언제부터 술을 마셨던가. 글쎄 언제부터 술을 마셨는지는 기억나지 않아. 아주 어릴 때부터 엄마에게 술은 참으로 가까이 있었단다.

외할아버지의 술에 대한 원칙

너도 알다시피 엄마의 아빠인 네 외할아버지는 아흔이 가까운 요즘에도 엄청난 애주가이시지. 엄마가 중학생 때부터였던가, 외할아버지가 집에서 가족과 함께 술을 드실 일이 있을 때부터 맥주나 와인을 한 잔씩 주시곤 했단다. 당시에는 콜라나 사이다보다 완연하게 열등했던 그 음료를 10년쯤 뒤 처음으로 자발적으로 마시게 되면서 어쩌면 엄마는 어른이 되었던 것 같아. 쓰기만 한 그것보다 더 쓴 인생이 있다는 걸 알게 되어서 자발적으로 마셨을 테니까.

외할아버지는 술에 대해 몇 가지 원칙을 가지고 계셔. 그토록 오래 술을 드시면서 외할머니 말로는 한 번도 아침에 술국을 끓여라, 속이 쓰리다 이러신 적이 없다고 하신다. 게다가 요즘에도 매년 받으시는 정기검진에서 술로 인한 질병이 한 가지도 발생한 적이 없어 (의사들 말로는 이건 거의 타고난 건강이라고 하지만). 어쨌든 그렇게 술을 좋아하고 즐기면서 술 때문에 문제가 생긴 적이 없는 것을 보면 대단하다 싶다. 그래서 외할아버지의 술 잘 마시는 팁을 알려주려고 해. 엄마도 외할아버지에게 배워 오래 써왔고 너에게도 알려주면 좋겠다 싶어. 언제나 그렇듯 모든 일에는 원칙이라는 게 좀 있으면 좋단다.

첫째, 외할아버지는 기분이 아주 나쁠 때는 술을 드시지 않는다고 했다. 살아보니 이 말이 너무도 절절했어. 술은 대개 감정을 증폭시켜주기 때문에 좋은 일을 만났을 때는 사람을 행복하게 해주지만 그렇지 않을 때, 특히 감정이 심하게 상했을 때는 입에 대지 않는 게 좋아.

실제로 기분이 나쁘거나 감정이 상했을 때 술을 입에 대기 시작해서 알코올로 인해 감정이 증폭되는 것이 술버릇으로 굳어진 사람이 많이 있단다. 술만 마시면 운다거나, 이 사람 저 사람에게 전화를 걸어 별 용건도 없는 소리를 늘어놓거나, 시비를 건다거나 하는 사람들…… 더 말 안 해도 알겠지. 정말 꼴불견인 사람들 말이야. 엄마의 경우 술버릇이다 싶은 나쁜 것이 술자리에서 튀어나온 사람과는 다시는, 정말 다시는 술자리를 하지 않는다는 것. 차를 마시고 이야기는 해. 그러나 술은 '절대로!' 사양이야. 내가 그 사람이 술만 마시면 일어나게 될 예측된 봉변의 희생자가 될 필요는 없으니까. 내 밤 문화도 내 음주도 내 인생이고 소중하니까 말이야.

둘째, 외할아버지는 혼자서는 절대로 술을 드시지 않는다고 했다. 이건 아마 사람을 아주 좋아하는 그분의 심성과도 관련이 있겠지만 말이야. 그리고 이건 혼자서 술을 홀짝이지 않는다는 의미도 되고. 외할아버지는 실제로 술을 마시는 날은 흠뻑 취하도록 드셔도 마시지 않는 날은 알코올 기운을 단 한 잔이라도 입에 대지 않으신다고 해. 나중에 의사들이 이런 부분이 간 건강에 필수적이라는 사

실을 입증하기도 했지. 간을 쉬게 해야 할 때는 한 잔도 입에 대면 안 된다는 것을 말이야.

셋째, 이건 잡지나 의사들의 어드바이스에서 전혀 들어보지 못한 팁일 텐데 첫 잔을 철저하게 세 번 이상 나눠 마신다는 거야. 이건 말하자면 이런 거야. 소주든 맥주든 와인이든―특히 '원 샷'이라 고래고래 소리를 지르며 마시는 우리 문화에 잘 익숙하지 않기는 한데―첫 잔을 절대 한 번에 들이켜지 않고 세 번 이상 나눠 삼킨다는 거야. 설사 원 샷을 해야 할 때도 최대한 세 번에 나눠 삼키도록 노력해야지. 이 원칙은 주종을 바꿀 때도 그대로 적용된다는 거야. 내가 이것을 좀 실천해보았는데 정말 효과가 있었어. 속이 비었든 차 있든 간에 이 원칙만 잘 지키면 몸을 가누지 못할 정도로 망신을 당하는 일은 없더라고. (앞의 2개는 엄마가 아직도 잘 실천하지 못하는데 이건 잘하지.)

남자와 단둘이는 술을 마시지 않는다

술에 대해서는 이 밖에도 참으로 할 이야기가 많이 있지만, 가장 중요한 것은 차수가 2차를 넘어가지 않도록 네 자신을 조절하는 것이 중요하다는 거. 만일 두 번째로 음식점을 바꾸고 나서도 네가 아무리 생각해도 네 자신이 멀쩡하고 상대도 멀쩡해서 정겹게 혹은 진지하게 할 이야기가 있다면 모르겠다마는 (휴우, 엄마 일생에도 이런 일이 몇 번이나 있었을까마는) 웬만하면 누군가가 잡아서, 차마 나 혼자 간다고 하면 분위기가 깨질까 봐, 그도 아니면 내가 간 다음에 내 흉을 볼까 봐 두려워서 가게 되는 그 이후의 시간은 한마디로 부질없는 시간이기가 아주 쉽단다. 그도 아니면 이미 술에 취해버려서 3차인지 4차인지 정신이 없거나 말이야.

엄마가 여자로서 줄 수 있는 팁이 하나 더 있단다. 이건 엄마가 평생을 지켜온 원칙이기도 한데, 그건 (애인이나 남편이 아닌) 이성과는 단둘이서 술을 마시지 않는다는 거야. 모르겠어. 원래 엄마가 술을 시작하던 1980년대의 대학가에서 남녀가 둘이 술을 마시는 일도 없었고(있어도 운동 토론을 하고 서로 상처를 주며 잘난 척하면서 마시다가 곧 다른 이들을 끼워주었지만 말이야) 그래서 그런지 모르겠는데 엄마는 이 원칙을 오래도록 지켰어. 말하자면 '술에 취해서!'라는 변명을 해야 하는 사고 같은 것은 일어나지 않았단다. 그건 365일 동안 400회 정도의 술자리를 가졌던 엄마의 젊은 날의 음주 빈도를 생각하면 기적에 가까운 일일 수도 있어.

그렇게 술 잘 마시는 젊은 여자였던 나를 술 실수로부터 혹은 술 봉변으로부터 비교적 잘 지킨 비결이 이것이 아니었나 싶었다. 마흔다섯 살 이후 어느 날 인생이 허무하고 해서 이 원칙을 잠시 허물어본 적이 있는데 역시 좋지 않더라. 관계가 별로 산뜻하지 않게 흘러 가더라고. 그래서 아직까지도 이 원칙을 지키고 있어. 물론 엄마 나 이 지천명이 넘어 2~3명 정도의 예외인 친구들을 가지게 되긴 했지. 엄마의 30년 지기인 친구 남자들 말이야.

어쨌든 술을 마시고 난 다음 날은 국물이 그렇게 먹고 싶었어. 뭐 해장국의 종류가 우리처럼 다양한 나라가 더 있을까 싶다마는 널 리 알려진 것 말고 간단한 해장국의 팁을 가르쳐줄게.

우선 냉동실에서 주먹의 2분의 1만큼의 쇠고기를 꺼내라. 간 것 도 좋지만 그렇지 않은 것도 좋아. 부위는 어떤 것이라 해도 상관없 어. 그걸 새끼손톱만 하게 잘라서(그것도 네 마음대로 잘라) 냄비에 넣 고 참기름으로 달달 볶아. 여기에 국그릇 두 대접 정도의 물을 넣어. (쌀뜨물이 있다면 아주 환상적인 맛이 되는데 없어도 돼.) 물이 끓으면 두 부를 네가 먹고 싶은 만큼, 네가 먹고 싶은 크기로 썰어 넣고 마지막 으로 다진 파 약간과 마늘 반 티스푼을 넣고 맨 마지막에 새우젓으 로 간을 맞춘다. 그리고 먹을 때 후추를 위에 살짝 뿌려. 끝! 엄청 쉽 지?

이 요리의 이점은 쇠고기와 참기름으로 고소한 맑은 국물에 투 하되어 노골노골 치즈처럼 부드러워진 하얀 두부를 먹어 밥을 굳이 하지 않아도 된다는 데 있어. 아, 그 부드럽고 뜨겁고 고소한 두부를 천천히 국물과 함께 떠먹는 맛이라니. 엄마의 경우는 두부를 아주 잔 깍두기 모양으로 잘라 넣는단다.

　이건 해장국으로 좋을 뿐 아니라 나중에 아기들 이유식으로도 아주 좋단다. 엄마도 네게 이걸 많이 먹였지. 여기에 흰밥도 말아주었고. 부지런한 사람들은 이 국에 무도 나박나박 썰어 넣고 양파를 넣기도 하고 또 북어 찢은 것도 넣던데 뭐 아무래도 좋아. 엄마의 경우는 집에서 해 먹는 요리는 늘 조금은 더 단순하고 빠르게 완성되어야 한다는 사람이어서 가장 단순한 형태를 자주 고집한단다. 더 복잡한 요리는 전문가가 한 것을 사 먹어야 한다, 뭐 이런 생각이라는 거야.

누가 뭐라 해도 너를 위한 것이라면

　술이 몸에 나쁘다는 사람이 많고 담배는 말할 것도 없지만 네 자신이 주체가 되어 그것을 즐긴다면 엄마는 그것을 그렇게 나쁘다고만 생각하지 않는다. 그러나 사람들에게 피해를 주는 경우(특히 담배) 그것은 하지 말아야 해. 술 역시 마찬가지. 무엇보다 네 자신에게 도움을 주고 네 자신을 사랑하는 데 도움을 준다면 엄마는 그것을 권한다. 네 자신을 스스로 미워하게 하는 것이라면 그것이 보약이라도 영양제라도 먹지 말아야 해. 이 말을 너는 이제는 알아들으

아, 그 부드럽고 뜨겁고 고소한 두부를
천천히 국물과 함께 떠먹는 맛이라니.

리라 믿는다.

술과 담배가 건강에 나쁘다 나쁘다 하지만 중국의 세 호걸 중 주은래(저우언라이)는 술은 즐기고 담배는 멀리했는데 일흔아홉 살까지 살았고, 모택동(마오쩌둥)은 술은 멀리하고 담배를 즐겼는데도 여든네 살까지 살았어. 등소평(덩샤오핑)은 술과 담배를 모두 즐겼는데도 무려 아흔네 살까지 살았지. 인생에서 수명에 혹은 건강에 영향을 주는 것이 어찌 이 몇 가지뿐이겠니? 게다가 인간은 어쩌면 가장 복잡한 유기체가 아니냐?

아이고, 오늘은 엄마도 오랜만에 저녁으로 이 부드러운 두부탕을 끓여 소주를 한잔해야겠다. 부드러운 두부탕을 입에 넣으면 이 두부탕에 만 흰밥을 받아먹던 어린 너를 떠올려도 슬프지 않겠지. 오늘은 갑자기 네 얼굴이 무척이나 보고 싶구나, 사랑하는 나의 딸. 그러면 오늘도 좋은 밤을!

괜찮아요,
저에게는 나쁜 일이 일어나지 않거든요

생일 기념 축일에는
부추겉절이와 순댓국

생일 기념 축일은 그 자체로 좋은 일이지만 사실 우리 삶에서 꼭 그런 것만은 아닌 듯하다. 평소 멀쩡히 혼자 잘 있다가도 생일 기념 축일이 되면, "내 기념일 하나 챙겨주는 사람 없구나" 하는 한탄이 나온다든지, 평범하고 아름다운 일상을 보내다가 "자기 오늘이 무슨 기념일 줄 알아?" 해서 갑자기 평화로운 데이트를 망쳐버린다든지, "오늘이 내 생일인데 하필이면 오늘 내게 나쁜 소식이 오다니! 하늘도 무심하시구나" 하며 하늘을 원망하는 일 같은 거 엄마는 참 많이 해보았단다.

생겨나기 전부터의 사랑

언제부터인가 이런 일들이 시들해지기 시작했다. 처음에는 왜 이런 일들이 예전에는 행복하고 좋았는데 이제는 야단법석처럼 느껴지지 하는 생각에 '그저 내가 요즘 피곤하고 좀 조용히 지내고 싶구나' 싶었는데 곰곰 생각해보니 그게 아니었어. 가장 크게 일어난 내 변화는 '내가 태생부터, 아니 생겨나기 이전부터 사랑받고 있었구나' 하는 걸 느꼈기 때문이란다. 그것은 내 삶에 엄청난 변화를 가져왔고 생일 기념 축일을 지내는 내 태도에도 지대한 영향을 줬다는 걸 알게 되었다. 내가 그저 '사랑받는 존재'라는 것을 깊이 알게 된 이후 이런 일들이 일어났다는 거야.

'생겨나기 전부터 사랑을?' 하는 의문이 드니? 엄마도 처음에는 이 말이 그냥 종교적 미사여구인 줄만 알았단다. 그런데 음, 이렇게 설명하면 어떨까?

엄마가 너를 배 속에 가졌을 때, 그러니까 네가 태어나기 전부터 엄마는 너를 사랑했고 너를 위해서 죽을 수도 있었다. 어쩌면 네가 생겨나기도 전에, 내 배 속에 있다는 것을 알기도 전에 나는 너라는 사람을 기다려왔다는 것을 믿을 수 있겠니? 아이 엄마가 되어본 사람은 이 말을 이해할 수 있다. (아아, 이런 점에서 부모가 된다는 것은 그 모든 위험과 어려움에도 불구하고 인간성의 위대한 한 언덕을 넘어서는 거야.)

네 또래의 한 사람이 물었지. "저희 엄마는 저 때문에 아빠랑 결혼하셨대요. 제가 안 생겼으면 엄마는 더 행복해졌을지도 몰라요. 엄마는 저를 낳아서 불행해진걸요."

하지만 잘 생각해보자. 엄마 역시 네가 태어난 다음 그리 행복하지 않았다. 어쩌면 너 때문에 엄마가 자유롭지 못했고 너 때문에 인생의 다른 길을 걸어야 했던 것도 뭐 그렇다고 하자. 그건 사실이니까. 그러나 실은 그건 너와 전혀 상관없는 일이다. 네가 아니라 네 동생이 먼저 태어났어도 그건 마찬가지지. 그러니까 '아기'라는 보통 명사가 있었기 때문에 그런 일이 일어난 거지, 그게 '너'라는 아기 때문은 아니라는 거야. 이걸 분리해 생각하는 것은 아주 중요하단다.

또한 그건 네 잘못이 전혀 아니고 그건 너의 존재와는 아무 상관도 없는 일이야. 마치 1950년에 태어난 사람이 "제가 태어나서 한국에 전쟁이 일어났대요" 하는 말과 비슷하다. 마치 "제가 태어나서 아빠가 로또에 당첨되었대요" 하는 것과도 비슷하지. 굳이 시간의 앞뒤를 생각하면 그럴싸하지만 인과관계가 전혀 없는 일이지. 설사 그 모든 것이 인과관계라고 누군가 우긴다 해도 그럼에도 불구하고 그 모든 것이 내가 너를 사랑하는 데 방해되지 않아. 이제야 이해하겠니? 네가 얼마나 사랑받도록 운명 지어진 존재인지를?

섬세해지는 것, 힘이 센 것

어른이 된다는 것은 이렇게 사실과 사실 아닌 것, 사실과 망상, 사실과 집착, 사실과 환영 사이를 구분하게 되어간다는 것을 뜻한다. 어른이 된다는 것은 이 모든 현상 속에서 사실을 골라내야 한다는 것을 말한단다. 마치 유능한 외과의사가 대동맥과 대정맥뿐만 아

니라 실핏줄을 갈라내고 떼어내어 접합하고 꿰매듯이 점점 더 섬세해진다는 것을 뜻하기도 한단다. 알겠니? 섬세하게 구분해낼 줄 아는 사랑이 힘이 세다는 것을 말이야.

어린 시절 엄마가 화를 낼 때, 그때는 그것이 그저 무섭고 두렵고 서럽지. 엄마가 화를 내는 게 왜인지 모르지만 그냥 다 내 탓이라는 생각을 하기도 한다. 그러나 조금 더 크고 나면 엄마가 내게 바라는 것이 무엇인지, 내게 화가 난 것인지, 아빠에게 난 화를 내게 풀고 있는 것인지, 그도 아니면 자기 팔자를 못마땅해하며 그저 닥치는 대로 화내는 것인지 희미하게 알아가기 시작한다. 이것이 성장이다. 엄마가 화내는 것이 여전히 두렵고 무섭고 슬프지만 내가 느껴야 할 것이 꼭 그게 다가 아님을 아는 거 말이다. 섬세해지는 것이다. 이게 힘이 센 거야.

엄마는 나이 오십이 넘어 그걸 깨달았고—그러니 현재의 네가 너무 기념일에 집착한다고 자책하진 말기를, 아직 오십이 되려면 너는 생일을 스물몇 번쯤 더 지나야 하니까—올해 생일은 일부러 아무 스케줄도 잡지 않고 시골집에서 고양이 세 마리와 보냈단다. 여전히 아침에 일어나 커피를 갈아 핸드드립으로 내려 마시고 촛불을 켜고 기도를 했다. 그러고는 이건 특별한 일이었는데 대청소를 했어. 구석구석 쌓인 먼지를 닦아내고 쓸었다. 고양이들에게 먹이를 주고 물을 신선한 것으로 갈아주고 가끔 우리 집 마당에 오는 길고

양이 먹이도 보충해주었지. 밤새 정원에서 꽝꽝 얼어붙은 길고양이 물도 따뜻한 것으로 갈아주었어.

그러고 나니까 배가 고프더라고. 그래서 냉장고를 뒤졌단다. 조금 더 두면 시들 부추가 있길래 꺼내 씻었다. 갑자기 참기름 내음이 아주 싱싱한 부추겉절이를 먹고 싶었어. 그리고 여기에 곁들일 메인 메뉴로 머릿고기 순댓국을 택했다. 자, 먼저 부추겉절이.

우선 부추를 씻자. 부추는 섬세한 식물이라서(마치 실핏줄처럼) 살살 찬물에 흔들어 씻어 물기를 빼놓고 엄지손가락 반 정도의 길이로 썰어 양푼에 담아놓는다. 카레가 담길 만한 접시에 소복이(수북이가 아니다) 담길 만한 부추의 양이면 고춧가루 크게 한 숟가락, 매실액(이건 꼭 마련해놓아라. 앞으로 계속 쓰일 테니까. 하지만 당장 없으면 설탕 한 숟가락) 한 숟가락, 멸치액젓이나 까나리액젓 한 숟가락, 그리고 참기름 한 숟가락, 참깨 한 티스푼을 섞은 양념에 살살 젓가락으로 버무리면 끝!

부지런한 사람들은 여기에 양파도 썰어 넣고 마늘도 다져 넣고 뭐 그러기도 하더라마는 언제나 간편과 단순을 추구하는 엄마는 그저 여기까지! 중요한 점은 이건 많이 만들어놓으면 안 된다는 것. 양념을 만들어놓고 먹을 만큼만 부추를 꺼내 그때그때 살살 무쳐 먹는 것이 포인트.

메인 디시(?)인 머릿고기 순댓국은 대표적 생활협동조합인 한살

궁극적으로 엄마는 행복하고 평화롭다.

아까도 말했듯이 깊이 사랑받는 존재라는 것을 알기에 말이다.

누구도 내게서 그 평화를

함부로 빼앗아 가지 못할 거라고 말할 수 있다.

림 것을 봉지째 뜯어 얼린 육수를 녹여 끓인 다음, 먹기 직전에 순대와 머릿고기 등의 건더기를 넣어 팔팔 끓이면 끝! 이란다.

엄마가 처음으로 인스턴트 음식을 여기 등장시킨 이유는 사실 이런 음식이 더 많아지기를 바라는 마음에서란다. 앞으로 일하는 여성은 더욱 늘어날 거고, 대개는 어린이집에 가 있을 아기들하고 엄마는 퇴근 뒤에 더 많은 시간을 보내야 한다. 그런데 요리는 너무 복잡하고 힘들잖아.

엄마가 인스턴트식품을 사 먹지 않는 이유는 단 하나, "맛이 없어서!"야. 이건 정말. 처음에는 맛이 괜찮은데 두 번은 못 먹겠어. 나는 아직도 이 신비를 모르겠다. 외할머니가 해주신 거, 이웃집 아줌마가 해준 것은 두 번 이상을 먹어도 괜찮은데 말이야. 거기다가 과도한 인공 조미료, 방부제 문제 등으로 인스턴트식품은 거의 먹지 않는데 이것만은 아주 즐겨 먹고 있어. 개인적으로 한살림 생협은 엄마가 신뢰하는 곳이기도 하고, 무엇보다 가격이 저렴한 편이다. 돼지 등뼈를 오래 고아 국물을 내야 하는 순댓국이라는 게 원래 집에서 먹기는 좀 힘들기도 하고 말이야.

제발 다시 왔으면 하고 바라는 그날

얼마 전에 엄마가 무슨 질문을 받았는데 나도 모르게 그만 이런 대답을 했어.

"아, 그거요? 괜찮아요. 저에게는 원래 나쁜 일이 일어나지 않을 거거든요."

순간 듣는 사람도, 말하던 엄마도 깜짝 놀랐어. 무엇보다 내가 그랬지. 그래서 이렇게 덧붙였단다.

"나빠 보이기도 하는 일이 일어나는데요, 그건 좋은 일로 가는 모퉁이일 뿐이니까요."

위녕, 엄마는 아주 기쁜 오늘을 살고 있다. 정말로 감사하는 삶을, 기뻐하는 삶을 살고 있어. 엄마 가까이에 있는 너는 이 세상 누구보다 이런 엄마에게 가장 먼저 고개를 갸우뚱해 보이겠구나. "엄마는 그제도 울었고 지난주에는 속상해서 잠을 못 잤잖아?" 이렇게 물을 수도 있겠지. 그러나 궁극적으로 엄마는 행복하고 평화롭다. 아까도 말했듯이 깊이 사랑받는 존재라는 것을 알기에 말이다. 누구도 내게서 그 평화를 함부로 빼앗아 가지 못할 거라고 말할 수 있다. 설사 그 평화가 흔들려도 난 회복될 수 있을 거라고도 말이야.

위녕, 오늘은 네게 어떤 날이니? 앞에서 엄마가 권해준 빅터 프랭클의 《죽음의 수용소에서》도 그렇고, 전쟁 포로가 됐던 사람들의 인터뷰도 그렇고. 위험한 상황에서 죽음을 각오해야 할 때 그들이 가장 그리워하는 게 뭔지 아니? 그건 화려한 생일 파티도 아니고 처음 키스를 했던 그날도 아니야. 그들이 가장 그리워한 건 그냥 평범한 어느 날이라고 했다. 친구랑 공원 벤치에서 점심으로 싸 간 샌드위치를 먹으며 웃던 일, 저녁에 집에 돌아오니 엄마가 끓이는 맛있는 수프 냄새가 나던 일, 학교에 가던 일, 집 안의 냄새, 혹은 문자메시지를 보내며 웃던 거. 어쩌면 SNS 상의 친구들과 깔깔거리던 일……. 그래, 오늘이 바로 네가 위험한 상황에 처했을 때 제발 다시 왔으면 하고 바랄 그날이라는 거, 잊지 마라. 아아, 너무도 소중한 이 일상의 평화를.

돈으로 살 수 없는 것도 있다

엄마표 비프커틀릿을 먹으며
이야기를 해보자

평소보다 조금 일찍 집으로 돌아와 느긋하게 저녁을 준비하는 그런 날들은 참으로 호젓하고 편안한 기분이 든단다. 그럴 때 굳이 장을 보지 않아도 집에 상비된 몇 가지 것들로 특별한 요리를 할 수 있단다. 아 미안, 엄마 집에는 밀가루·달걀·불고깃감·빵가루 등이 있긴 한데 너로서는 이런 것들을 사 가지고 와야 할 수도 있겠구나. 어쨌든 이런 것들이 필요하단다. 이걸 준비해서 오늘 할 요리는 엄마표 비프커틀릿.

팟캐스트를 들으며 비프커틀릿

요즘은 요리를 하기 전에 우선 하는 일이 있어. 요리하면서 들을 동영상이나 팟캐스트를 찾아놓는 거란다. 엄마는 주로 목사님이나 신부님의 설교를 듣기도 하고 책 읽어주는 팟캐스트 혹은 역사나 인문학 강좌를 들어. 그러면 일하는 동안 늘 배우고 익히느라 귀가 즐겁다. 집안일을 할 때도 마찬가지다. 도우미 아주머니가 그만두신 뒤부터 이런 휴대전화의 고마운 기능 덕에 집안일을 하는 것이 조금 덜 힘이 드는구나. 어떤 날은 저장해둔 음악을 크게 틀어놓기도 하고 말이야.

2리터짜리 삼다수를 마시고는 그걸 반으로 잘라 자른 면에 손이 베이지 않도록 예쁜 테이프를 사서 두르고 거기에 휴대전화의 스피커 쪽이 밑으로 가게 넣으면 아주 훌륭한 스피커가 된단다. 주방에서 튀는 물로부터 휴대전화를 보호해주기도 하고 말이야. 가끔은 그냥 이 스피커를 통해 음악을 듣기도 하지.

자, 비프커틀릿이라니, 돈가스도 아니고 이거 참 우습지? 집에서 이런 걸 해 먹는다는 게 말이야. 그런데 해 먹어보면 한번에 반하고 말 거야.

우선 조금 두꺼운 불고깃감을 준비한다. 음, 구이용으로 썰어놓은 고기도 좋고 정 없으면 불고기용 고기를 얇게 펴서 여러 장 겹쳐도 괜찮아. 여기에 후추를 치고(뿌리거나 뿌리지 않거나 다 좋아) 보통 커틀릿 요리의 순서인 밀가루 · 달걀 · 빵가루 순으로 옷을 입혀. 여기까지는 보통의 커틀릿.

엄마의 비법은 여기서 빵가루에 파르메산 치즈 가루를 섞는 거야. 그걸 많이 넣고 버무린 다음 버터나 올리브유(실은 버터 반 올리브유 반 하는 게 제일 맛있어. 없으면 아무 기름이나 오케이)를 넉넉하게 두른 프라이팬에 넣고 전 부치듯 지져내면 돼. 고기의 밑간으로 후추는 좋은데 굳이 소금을 치지 않아도 되었던 이유가 바로 이 파르메

돈으로 절대
그 일부도, 사기는커녕
맛보기도 할 수 없는 게
있다는 것을 알았단다.
맞혀보겠니?
위녕, 그건 마음의 평화다.

산 치즈 가루 때문이었어. 이걸 섞어 버무린 것을 뜨거운 기름에 지져내면 시중 어디에서도 먹을 수 없는 매력적인 커틀릿이 탄생한단다. 커틀릿을 커다란 접시에 내고 뜨거울 때 먹으면 소스 하나 없이도 아주 맛있어. 김치도 없어도 되고. 토마토가 있으면 쓰윽쓰윽 크게 썰어 곁들이고 올리브유와 후추를 살짝 뿌리면 멋진 곁들임 반찬이 된단다.

자, 이 뜨겁고 고소하고 짭조름한 걸 먹으면서 엄마와 돈 이야기를 해보자. 그래 돈. 돈이면 다 된다, 그게 경멸보다 진실에 가까워. 젊었던 엄마는 돈을 아주 우습게 여겼어. 그게 멋있고 올바른 태도라고 생각하기도 했어. 돈에 전전긍긍하는 친구들을 보면 혼자 속물이라고 생각하며 오만방자한 태도를 취하기도 했지. 지금 생각해보면 그건 아주 잘못된 태도였단다. 돈은 실제로 이 세상을 움직이는 몇 안 되는 원리 중의 하나란다. 그런 것을 내 맘대로 얕잡아보는 것, 그건 내가 세상을 올바로 접근하는 태도가 아니었던 거지.

그럼 반대로 돈이면 다 된다고 생각하는 것, 엄마는 이런 사람들을 이 세상에서 가장 경멸하고 가장 싫어했는데 지금 이 나이까지 살다 보니 그런 내가 후회스럽다. 돈이면 다 된다고 생각하는 부류의 사람들이 돈을 경멸했던 엄마의 젊은 날보다 오히려 더 세상의 실체적 진실에 접근했었다. 내가 이것을 알게 된 지도 실은 얼마되지 않는단다. 이 사람들은 실제 무엇이 사람들을 움직이는지 알고 있고 인생에서 그리 모험도 하지 않으면서 그리 실수도 하지 않지. 이들은 늘 돈의 손익과 자신의 자산에 미칠 유불리를 생각하며 살고 있단다. 그러나 이런 사람들이 세상을 많이 알고 실수가 적다고 해서 행복하다는 것은 아니다.

"저 5억 원보다 비싼데요"

요즘 내가 내린 결론은 돈은 분명 이 세상에서 다섯 손가락 안으로 들어와야 마땅할 만큼 중요하다, 는 거였다. 이 결론을 내린 뒤 나는 의지적으로 결심도 하나 했는데 어떤 경우든 돈에 그 1위 자리를 내주지 않겠다는 거였어. 말하자면 내게 최소한 돈보다 중요한 것이 늘 하나 이상 존재해야 한다는 것이었다.

이런 생각을 하게 된 경위는 너무 복잡하니 결론을 이야기한다면, 첫 번째 이유는 돈은 우리가 원한다고 우리에게 와서 머무르는 것이 아니었기 때문이란다. 그건 내 의지와는 아무 상관이 없는 것이었다. (여기서 돈이란 약간의 잉여를 말하겠지. 노동을 해서 우리가 벌어야 하는 최저생계비가 아니라.) 만일 의지나 노력으로 모아지고 자라나는 것이 돈이라면 이 세상에 그토록 많은 사람들이 돈에 의해 상처받는 일은 없었을 것이다. 돈은, 돈을 모아 우리가 꿈꾸는 부자가 되는 건 결코 노력이나 결심에 의해 되는 것이 아니다. 다른 모든 일도 그렇지. 그러나 국가고시나 시험 등이 의지나 노력에 의해 많이 결정되는 것에 비하면 이 확률은 아주 낮아.

두 번째 이유는, 돈은 내가 그것을 진정 의미 있게(나 자신을 사랑하기 위해, 그러니까 나 자신을 행복하게 하기 위해 부모님께 선물을 사드리고 친구에게 밥을 사고 적은 금액이지만 의미 있는 기부를 하고) 사용할 때만 가치가 있다는 것이다. 엄마 주변에 숫자를 자신의 재산이라고 생각하는 사람이 많아서 하는 말이야. 자신의 통장에 든 돈, 자신이 보유한 주식이 현금으로 환산됐을 때의 액수, 자신의 집을 팔았을 때(대체 한 채뿐인 그 집을 언제 팔아 돈으로 손에 쥔단 말인지)의 액수가 오르락내리락하는 것에 하루치의 행복과 불행을 지급하는 일은 어리석다는 것이다. 엄마는 가끔 자신의 재산을 자랑하는 사람들에게 묻는다. "가지고 계신 게 정말 돈이에요, 숫자예요?" 대개의 바보들은 여기서 1분 이상 머리를 굴리느라 대답을 못하지.

마지막 이유, 돈의 액수가 너의 자존심을 지켜주지는 못한다는 것이다. (오늘 돈 이야기는 엄마가 기아선상에 놓인 사람들을 일단 제외하고 한다는 것을 너는 이해하지?) 슬프고도 재밌는 이야기 하나 해줄까? 엄마가 막내의 아빠와 헤어지고 빚더미에 올라앉아 헤맬 때, (엄마가 늘 너희들 다 잠든 다음에 너희들 대학까지 가르칠 수 있을까 싶어 소주 한 병을 마시지 않고는 잠들지 못했다고 했던 그 시절) 우연히 어떤 모임에

서 젊은 나이에 부모의 유산과 자신의 수완으로 아주 부자가 된 사람을 만날 수 있었다. 그는 독신이었고 엄마에게 어느 정도 호감을 표시해오고 있었다. 친한 내 친구에게서 내 소식을 들었다면서 그가 물었다.

"얼마가 필요해요? 내가 도와주고 싶어서 그래요. 한 5억 원이면 돼요?"

세상에 태어나 내게 5억 원이면 되냐고 물어본 사람은 부모, 남편, 친구, 친척, 동창, 출판사 사장님을 통틀어도 그 사람이 처음이었을 거야. (음, 그리고 보니 슬프게도 아직까지 실은 그가 마지막이기도 하구나.) 그러나 엄마는 그 말이 내포하는 의미를 알고 있었고 실은 그때 몹시 불쾌했다. (지금 돌아보니 생각하기에 따라 일단, 말이라도 감사는 하다.) 그래서 대꾸했지.

"저 5억 원보다 비싼데요."

혼자 사는 여자의 과잉 반응일 수도 있었다. 뭐 그래도 좋은데, 그때 5억 원이면 내가 그 모든 빚을 갚고 어느 정도 불면과 소주와 불안에서 벗어날 수 있는 돈이었는데 그렇게 말해놓고 나니 이루 말할 수 없는 뿌듯함 같은 게 내게 다가왔어. 엄마는 아직도 그 순간을 잊지 못한다. 내가 너무 대견해서.

그래 그 뿌듯함, 자부심, 진정한 자존감은 돈으로 살 수 없다. 물론 50억 원, 500억 원이었다면 어땠을까? 만일 도움을 받아들였다면 나는 이후 내가 썼던 글들, 《우리들의 행복한 시간》, 《즐거운 나의 집》, 《네가 어떤 삶을 살든 나는 너를 응원할 것이다》, 《도가니》 등을 쓸 수 있었을까? 가정은 부질없겠지. 그래, 그냥 그런 순간이 지나갔고 엄마는 지금도 생각한다. 참 잘했어, 하고. 말하자면 그 기억이 내가 나 스스로를 사랑하게 해준단다.

절대 얻을 수 없는 것은 마음의 평화

이후 엄마는 여러 가지로 돈 문제에 부딪혔단다. 사람들은 말하곤 했지. 건강은 돈으로 살 수 없어요, 사랑은 돈으로 살 수 있는 게 아니에요, 남녀 간의 사랑은 돈으로 사지 못해요, 육체는 사도 마음은 얻지 못해요……. 그러나 살다 보니 세상은 점점 더 '돈 돈' 하며 돌아가고 있었다. 건강? 그건 요즘 돈으로 거의 살 수 있더구나. 같은 불치병에 걸려도 병을 대하는 태도는 분명히 다르다. 사랑? 그것도 돈으로 어느 정도는 사더구나. 물론 진실한 사랑은 아니겠지만 어쨌든 사랑 말이다. 사람의 마음? 그것도 사더라고. 재벌 2세가 와서 프러포즈를 했을 때 선뜻 거절할 수 있는 여자가 얼마나 될까? 너희가 열광하는 드라마의 히어로들이 그 드라마상에서 엄청난 재력의 소유자가 아니더냐?

그렇게 돈으로 건강과 사랑과 사람들을 거느리면 행복하기도 하겠지. 어느 정도 그럴 수 있을 것임은 인정한다. 그러던 어느 날 엄마는 알게 되었단다. 돈으로 살 수 없는 그것. 대한민국 최고의 재벌, 재벌가 2세 3세 그리고 며느리 들이 절대 얻을 수 없는 그것. 돈으로 절대 그 일부도, 사기는커녕 맛보기도 할 수 없는 게 있다는 것을 알았단다. 맞혀보겠니? 위녕, 그건 마음의 평화다.

위녕, 네가 취직을 하지 못하고 있어도, 네가 비정규직의 줄에 서 있어도, 네게 스펙이 없어도, 네가 혹여 평생 평범 이하의 생활을 하게 할지도 모르는 예술의 길을 갈 수 있을까 고민하는 이 불면의 밤에도 마음의 평화는 그것과는 별개로 네게 존재하는 것이다. 그리고 절대 돈으로 살 수 없는 그 평화는 사실 우리의 남은 생애에서 가장 중요한 것이란다. 눈을 감는 그 순간까지 우리에게 품위를 부여해줄 그것, 그 평화 말이다.

엄마 말이 어렵다고? 그래, 그럼 다음에 다시 이야기를 이어가기로 하자. 어쨌든 오늘 밤 엄마가 너를 향해 평화를 빈다. 뜨거운 비프커틀릿을 먹고 양치질을 하고 몸을 깨끗이 씻고 난 저녁의 한갓짐, 이런 평화 말이다.

죽거나 미치지 않고
어떻게 힘든 시간을 이길까

가래떡을 먹으며
'홈뒹굴링' 하는 날

위녕, 새날이 밝았다. 오늘은 어떻게 지냈는지 궁금하구나. 힘들지? 말은 안 해도 네가 지금 어떤 상태에 있는지 엄마는 안다. 음, 어떻게 아느냐고? 모르겠다. 간단한 안부나 용건을 주고받는 문자메시지의 간단한 철자만 봐도 그게 느껴지더구나. 글자들이 모두 너의 상태를 말하고 있는 거 같아. 너는 엄마에게 걱정을 끼치지 않으려고 네 나쁜 일을 감쪽같이 숨기고 있다고 생각하겠지만 말이다. 그렇다고 내가 눈치를 채고 네게 말을 거는 일도 없다는 깃을 너는 알고 있지? 너도 이제 성인이고 모든 성인은 각자 비밀을 가질 권리가 있단다.

그렇게 힘들어하는 너를 보고 있자니 오래전 내가 고통받았던 시간들이 생각났어. 글쎄 얼마 전에 엄마가 독자들에게 질문을 받은 적이 있었는데 그때 한 여성이 묻더구나.

"선생님 생애의 가장 힘든 시간을 대체 어떻게 이겨내셨나요?"

숨이 막힌 듯 선뜻 대답이 나오지 않았다. 그날 저녁 내내 나는 내가 그 힘들었던 시간들을 어떻게 이겨냈는지, 최소한 죽거나 미치지 않고 견뎌냈는지 생각해보았단다. 그때 내가 느꼈던 강렬하고 놀라운 생각이 하나 있었는데, "그 고통이 가짜였고, 힘들다고 죽을 것만 같다고 어쩌면 나를 속인 것이 아니었을까?" 뭐 이런 생각이었어.

정말 아팠는데, 그 아픔이 느껴지진 않아

　아, 이 말을 어떻게 해야 좋을지 모르겠다. 이 생각을 한 나도 깜짝 놀랐으니까. 그런데 이 생각을 한 가장 큰 이유는 그러니까 '기억이 없다'는 거였어. 고통스러웠던 시간이 있었고 "그때 내가 많이 괴로워했다" 이건 사실이지. 그런데 이 기억은 있는데 그 고통이 실감나지 않는 거야. 얼마나 아팠다고, 정말 아팠어, 라고 말할 수 있는데 그 아픔이 도무지 느껴지지 않는 거였단다.

　나는 아직도 너를 생각하면 너를 두고 가슴이 아팠던 거랑, 우리가 헤어져 살 때 네가 보고 싶었던 마음, 차마 입 밖에 꺼낼 수도 없이 숨이 막혀왔던 그리움과 네가 나를 힘들게 했을 때 배신감과 아픔을 기억할 수 있어. 그리고 아직도 그 모든 것을 네게서 느낀단다. 엄마가 일곱 살 때 키우다가 잃어버린 강아지 메리하고 엄마가 지난 여름 잃어버린 강아지 여름이하고 겨울이를 생각하면 아직도 눈물이 나와. 사진을 들여다보고 있으면 그들을 사랑했을 때의 그 느낌이 아직도 생생해. 그런데 다른 지나간 고통들은 실감나지 않는 거야. 고통의 원인, 경과, 진행 사항, 결과 등등을 다 기억할 수 있는데 느껴지지가 않는다는 말이야.

심리학자들이 실제 묻곤 하잖니? 당신이 10년 전에 무엇을 두려워했는지 기억이 나는가? 그중에서 두려움이 현실로 닥친 것이 몇 개인가? 오늘 너를 사로잡고 있는 고통이 10년 뒤에도 지속될까? 정말?

그 혼란 속에서 엄마가 했던 나름의 마음 공부 한 가지가 떠올랐어. 그러니까 그 무렵이었어. 엄마가 혼자 되고 너희 셋이 고스란히 내 앞에서 크고 있고, 막내는 막 초등학교에 입학해서 엄마가 밤마다 소주 한 병을 놓고 '막내까지 대학 공부를 시킬 수 있을까?' 고민했다는 그 무렵, 스치듯 읽은 어떤 책에서 기억에 남았던 한 구절이 떠오르더라고.

"감사하라, 더욱 감사하라, 어떤 처지에서든지 감사하라, 당신의 인생이 바뀌게 될 것이다."

왜 그런 생각이 떠올랐는지 모르지만 뭐라도 해야 이 불안한 마음을 가라앉힐 수 있을 거 같아 시작했다. 그리고 내 나름대로 규칙을 하나 세웠어. 하루 종일, 늘, 더욱! 감사하긴 힘들겠으니 대신 아침에 일어나 눈을 뜨자마자 감사를 하자. 아주 구체적으로 다섯 가지를 꼭 하자.

너도 알다시피 엄마는 아침에 일어나 촛불을 밝히고 기도를 하는 것으로 하루를 시작한다. 그 기도가 시작되기도 전에 그러니까 일어나 기도하러 가는 도중에, 눈을 뜨자마자 감사를 시작했어. 그런데 맙소사! 얼마나 감사할 게 없는지 말이야.

나 자신이 한심했지. 그토록 많은 것들을 가지고 있을 때 이런 기도를 시작했더라면 정말 감사할 거리가 많았을 텐데 싶었지만 이미 늦은 것. (사람은 절대 가지고 있을 때, 편안할 때 새로운 것을 시작하지 않아. 그래서 고통은 우리에게 늘 새로운 길의 모퉁이를 돌게 해주는지도 모르겠다.)

열 가지 감사할 게 생긴 날

만일 네가 엄마의 말을 믿고 이 중얼거림, 이 독백, 이 기도를 시작해본다면 너는 구체적으로 다섯 가지를 감사한다는 것이 얼마나 어려운 일인지 알게 될 거다. 다섯 가지나 감사를 해야 한다니…… 감사드릴 일이 정말 없었어. 당장 목청을 돋아, 이것도 없고요, 이것도 모자라고요, 이것도 잘못됐고요, 저것은 좀 없애주시고요, 저 사람은 혼 좀 내주세요, 뭐 이러고 싶었지.

그래도 했다. 그냥 해보자 싶었어. 이자가 어마어마하게 나가는 은행 빚이 있고, 너희는 속을 썩이고, 떠나간 누군가는 시시각각 약을 올리듯이 속을 뒤집어놓는 와중에 이런 기도를 했던 거 같아.

"우선 제가 안 죽고 밤새 중풍도 안 걸리고 이렇게 멀쩡하게 일어나게 해주셔서 감사합니다." 이 기도를 하다 보면 거실로 나오게 되어 있어. 때는 겨울이었어. 밖을 내다보면 아직 어둑한 거리로 사람들이 걸어가고 있더구나. 두 번째 기도는 "이렇게 밖이 추운데 저희 집은 아주 따뜻합니다. 감사합니다". 그리고 너희가 자는 방 안을 들여다보고는 감사했다. "아이들도 밤새 아무 일 없이 잘 자고 있게 해주셔서 감사합니다." 자, 이쯤 되면 정말 감사할 일이 없단다. 그래도 2개가 더 남았잖아. 그래서 기도했지.

"어제 신문에 보니 북한이 핵을 가지고 난리를 치는 모양인데 밤새 핵전쟁이 안 나게 지켜주셔서 감사합니다."

그러고는 마지막에 대체 이러고도 뭘 더 감사할 일이 있을까 끙끙하다가, "밤새 이 집이 안 무너지게 해주셔서 감사합니다" 이렇게 감사 의식을 끝내곤 했단다. 천사의 인도 때문인지, 그 말도 안 되는 기도를 계속했다. 때로는 이런 바보 같은 짓을 하고 있는 내가 한심하기도 했지. 그런데 한 6개월쯤 되었을 때였나, 눈을 뜨자마자 중얼거렸어.

"밤새 저를 이렇게 무사하게 지켜주셔서 감사합니다." 그 순간 목울대에서부터 명치를 향해서 무언가가 짜르르르 흘러내리더라고. 알아? 감동받을 때 가슴이 움직이는 그런 느낌. 이상하다 하면서 다음 말을 했지. "밖은 아주 추운데 저희 집은 따뜻하네요. 감사합니다." 그런데 그 순간 가슴이 뭉클하고 목이 메면서 내가 이 추운 날 따뜻한 데서 자고 일어났다는 게…… 믿을 수 없을 만큼 감사해서 눈물이 흘러나왔단다. 그래서 그 사실에 대해 진심을 다해 감사했어. 놀라운 일이었다.

그때 나는 알았지, 세상에 좋은 일을 한 것도 별로 없는 주제에 내가 세상에 무얼 그리 많이 바라고 있었는지. 세상이 내게 최상의 서비스를 해야 하는 게 너무도 당연하다는 생각을 했고 그런 생각이 나를 얼마나 병들게 했는지 말이야.

그렇게 시간이 지나면서 놀라운 일이 벌어지기 시작했다. 진짜로 감사를 할 일이 많아진 거야. 어떤 날은 다섯 가지가 넘이 열 가지가 되도록 감사를 했다. 그중에는 남들이 듣기에 아직 살아 있어서 감사, 뭐 이런 이상한(사실은 이게 정말 감사한 일인데) 기도 말고 누가 들어도 감사할 만하다 하는 일이 점점 늘어나기 시작했지. (이렇게 말하니 이게 무슨 주술 같은 기분이 드는데…… 그래 그러면 어떠니? 좋고 감사한데, 그치?)

아직도 그날 아침의 감격을 생각하면 가슴이 뭉클하단다.

위녕, 힘들겠지만 속는 셈 치고 엄마의 말을 한번 들어볼래? 엄마가 했던 그 쉬운 방법을 한번 써볼래? 만일 6개월 했는데 효험(?)이 없다면 엄마가 100만 원 준다, 라는 말에 엄마의 후배들이 여럿이 방법을 시도했었는데…… 결론은 100퍼센트 성공이었어. 그 독자에게 이야기했지.

"밤새 생각해보았는데 고통을 이겨낼 수 있었던 열쇠가 있었다면 그건 감사였어요. 모든 것을 잃었다고 생각했던 그 순간 내게 남은 것, 내게 아직도 주어지고 있는 것, 내가 아직도 가지고 있는 것을 자각한 순간 고통은 힘을 잃었어요. 왜냐하면 남은 것이 잃어버린 것보다 훨씬, 아주 훨씬 더 많았거든요."

가래떡과 새날, 너의 새 일들

위녕, 만일 네게 감사하는 마음이 있다면 너에게는 희망이 있는 거야. 에모토 마사루의 《물은 답을 알고 있다》라는 책에도 보면 뜻밖에도 물 결정이 가장 아름답고 반듯할 때가 '감사'하는 마음으로 마실 때더라고. '사랑해'가 그다음이고 말이야.

오늘은 가래떡을 구워 먹어보자. 엄마가 새해에 가져가라고 잘라준 그 평범하고 흰 떡. 약간 굳은 가래떡에 엄마가 전에 준 들기름을 살짝 발라. 없으면 참기름도 좋고, 그것도 아니면 그냥 구워도 담백하니 맛있어. 두꺼운 프라이팬에 구워도 좋고, 그것도 없으면 가스 불에 떡을 집게로 집어 이리저리 굽는다. 가래떡구이는 약간 타는 듯한 느낌이 오기 직전, 군데군데 둥그스름한 나무옹이 모양으로

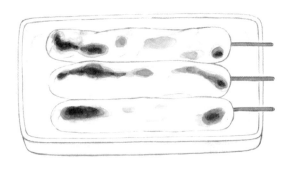

오늘은 가래떡을 구워 먹어보자.
엄마가 새해에 가져가라고 잘라준 그 평범하고 흰 떡.
약간 굳은 가래떡에
엄마가 전에 준 들기름을 살짝 발라.

누르스름한 게 있을 때 제일 맛있지. 이것을 이번에는 간장에 찍어 먹어보자.

간장에 고추냉이나 겨자를 아주 살짝 풀고 거기에 이 떡을 찍어 먹어보려무나. 놀랐다고? 응, 꿀이나 조청에 찍어 먹을 때의 진부한 맛이 아니란다. 다이어트도 되고. 오늘 요리는 너무 간편하지? 이걸로 끝. 그리고 긴 젓가락이나 꼬치에 이 가래떡을 꿰어 들고 뒹굴뒹굴하며 책이라도 읽을까? 누구는 이런 태도를 홈스쿨링이 아니라 '홈뒹굴링'이라 하던데. 음, 아주 맘에 들어. 홈뒹굴링.

그렇게 하면서 물을 마실 때 물에게 속삭여보자.

"신선한 물아, 고마워, 내 몸에 들어가 살도 빼주고 신선한 에너지를 내게 주렴" 하고.

그래 위녕, 새날엔 새로운 일을 만들어보자. 새 술을 새 부대에 담듯이!

삶은 자기 자신의 삶을 소중히 여기는 사람들의 몫이다.
나는 네가 그렇게 살기 위해 오늘도 애쓰고 있다는 것을 알아.
그러니 작은 실수들, 많은 실패들, 끝나지 않은 시련들은
너를 성숙하게 만들려는 신의 섭리로 생각해보렴.

3부

덜 행복하거나 더 행복하거나

젊으니깐 무조건 찬성

가장 척박한 땅에서 자라
열매 맺는 올리브

연휴 동안 다녀온 여행은 좋았단다. 정말 오랜만에 여행사의 패키지를 선택했는데 가격이 저렴함은 물론 내 자유가 없다는 것이 이렇게 좋은 거구나 하는 전혀 새로운 경험도 했지. 열흘 동안 보여주는 것을 보고 태워주는 것을 타고 먹여주는 것을 먹고 자라는 데서 잤다. 뭘 먹을까 어디를 갈까 무엇을 볼까 하는 고민에서 해방된 것이 아주 신선한 경험이었어. 나에게 좋은 것을 줄 거라는 믿음만 있다면 이렇게 가끔 자유를 박탈당하고 싶단다. 사람들이 왜 독재자를 좋아하는지에 대한 심오한 생각도 3초 정도 했고 말이야.

스페인 여행에서 올리브를

넓고 아름답고 뜨거운 나라 스페인에는 많은 문화유산과 해산물, 질 좋고 값싼 와인 등 엄마가 좋아하는 것이 아주 많았는데 엄마는 이번 여행 중에 정말 좋은 친구를 하나 만났지. 바로 올리브유야.

뭐, 스페인으로 떠나기 전부터 올리브유를 싫어하지는 않았단다. 어릴 때 바닷가에 놀러 가는 날에는 엄마가 내 등에다 발라주기도 했던 것이 올리브유의 첫 기억이다. 물놀이를 하다가 새빨갛게 익은 등에 엄마가 발라주던 이 올리브유를 나는 그냥 좋은 기름이라고 생각했지. 내 등을 아프지 않게 하는 고마운 약이라는 생각 정도였어.

그러다가 아주 어른이 된 뒤, 아마 그리스에서였다고 생각하는데 올리브나무를 처음 보았을 때의 생경했던 느낌도 생각났어. 멋진 열매와 고소한 기름을 주는 그 나무는 생각보다 작았고 푸르지도 않은 푸르끼리한 색깔이었고 무엇보다 왜소했단다. 그런데 바로 이 나무, 이 볼품없는 나무에서 1년 내내 올리브가 열린다니 말이야. 게다가 올리브나무는 다른 작물은 거의 자랄 수도 없는 처박힌 땅에서 자란단다.

알지? 여행 중에 여성들이 걸리는 가장 흔한 병. 그러니까 변비로 고생하는 사람들에게 가이드가 이 올리브유를 한 숟가락 이상씩 먹으라고 충고하더구나. 어쨌든 기름이라 살이 찌지 않을까 걱정했지만 결과는 환상이었다.

예전에 그리스 아테네 도시의 수호신을 정하면서 제우스가 인간에게 가장 좋은 선물을 주는 신의 이름을 도시에 붙이라고 했을 때 말을 준 포세이돈을 제치고 여신 아테나가 수호신이 되었던 것은 바로 인간에게 이 올리브를 주었기 때문이라고 하지. 지중해 연안 사람들은 올리브를 신의 선물처럼 사랑했던 것 같다. 실제로 엄마가

유럽의 수도원을 돌 때 특히 이탈리아나 스페인에서는 복도마다 뚱뚱한 아저씨 둘이 들어가면 목까지 찰 것같이 큰 항아리들이 복도에 주욱 세워져 있기에 물었더니 바로 이게 올리브를 저장해두는 항아리라고 했던 기억이 새롭다.

엄마가 아주 좋아하는 책 피터 메일의 《프로방스에서의 1년》을 보면 남프랑스 사람들의 올리브 사랑이 아주 극성스레, 또 코믹하게 잘 묘사돼 있어. 이 책은 머리가 아플 때 엄마가 아직도 가끔 읽어보는 재미있는 책이란다. 거기에 따르면 좋은 엑스트라 버진 올리브유를 쓰는 것과 슈퍼마켓의 상품으로 나오는 올리브유의 차이는 싸구려 삼겹살집에서 주는 가짜 참기름과 할머니가 시골에서 보내주는 진짜 참기름의 차이보다 더 크다는 거야. 남프랑스 프로방스 지방의 요리사들은 좋은 올리브유를 구하기 위해 목숨만 빼고는 다 내놓는다고 허풍을 친다고 한다.

지중해의 신선함을 베어 묾

그러니 오늘은 올리브유 하나만으로 요리를 하자. 우선 재료가 올리브유니 엄마의 다른 레시피처럼 쉽고 빠르겠지?

우선 슈퍼에 가면 있는 올리브유를 엑스트라 버진으로 한 병 구입하자. 비싼 것이면 좋겠지만 엄마는 한 1만 5,000원짜리를 사용한다. 비싸면 좋긴 한데. (비싼 것이 나쁠 수는 없다. 가격에 비해 덜 좋을 수는 있지만 말이야. 사실 아무것도 몰라 망설일 때는 비싼 것을 사면 실패는 없어. 이게 슬픈 현실이다.) 혹시 여유가 있으면 발사믹 식초를 한 병 더 구입하면 좋아. 올리브유, 발사믹 식초 이 두 병이면 아마 1년은 먹을 것 같다.

우선 샐러드. 재료는 아무 채소. 상추, 양상추, 양배추, 배추, 시금치 그리고 우리가 '샐러드' 하면 떠올릴 수 있는 모든 채소. 이걸 먹을 만큼 크고 예쁜 접시에 담고 여기에 올리브유를 '승질껏' 뿌리면 돼. 끝! 뭐 이러냐고? 스페인과 이탈리아 사람들도 그렇게 먹어. 그것도 매일 말이야. 이건 요리가 아니라고? 그러면 여기에 엄마가 권한 발사믹 식초를 밥숟가락 두 번쯤 뿌려. (여기서는 취향대로, 그러나 승질껏 뿌리면 안 돼.) 완벽!

발사믹 식초가 없어서 서운하면 소금을 살짝 뿌리렴. 엄마는 그럴 경우 후추도 살짝 친단다. 이젠 정말 끝이야. 더 보탤 게 없으니 우아하게 먹으면 돼. 샐러드를 먹으며 빵을 곁들이는데 사실 바게트나 캉파뉴(우리가 빵이라고 생각할 때 제일 먼저 떠올리는 그림 속의 둥그런 빵)가 제일 좋은데 그게 없이도 다 좋아. 엄마는 식빵을 토스터에 아주 바삭하게 구워 먹어. 그 빵을 샐러드의 채소들을 적시고 흘러내려 올리브그린 빛으로 접시에 고여 있는 기름에 찍어 먹으면 돼.

아, 이건 엄마의 인생 모토인 단순함에 딱 맞아.

커피도 좋고 홍차나 허브티,

레드 와인을 곁들여도 좋단다.

샐러드가 없을 때는 작은 종지에 올리브유를 부어놓고 찍어 먹으면 돼. 버터와는 또 다른 풍부한 맛이 정말 환상이야. 이 종지에도 마찬가지로 올리브유 외에 발사믹 식초, 소금, 후추 등을 네 취향껏 넣어봐.

채소들을 씻기가 귀찮아 샐러드가 꺼려진다면 빵 요리를 해볼까? 바게트가 좋지만 구운 식빵이면 돼. 먼저 작은 종지에 올리브유를 적당히 따르고 여기에 다진 마늘을 3분의 1 티스푼 정도 넣고 섞어. 파슬리 다진 것이나 마른 파슬리(병에 든 것을 판단다)를 넣으면 좋지만 없으면 패스. 이걸 빵에 바르면 끝! 정말 맛있는 마늘빵이 된단다.

아, 이건 엄마의 인생 모토인 단순함에 딱 맞아. 커피도 좋고 홍차나 허브티, 레드 와인을 곁들여도 좋단다. 어때? 후회하지 않을 거야.

욕심을 부린다면 방울토마토를 사서 (없으면 큰 토마토) 샐러드에 넣어 먹고 남은 것을 몇 개 대접에다 대고 손으로 터뜨려 짜. 뭐 부지런하다면 커터기에 갈면 좋고 칼로 짓이기듯 다져도 좋긴 해. 욕심을 더 부린다면 여기에 바질 잎이나 로즈메리 등의 허브를 좀 넣으면 좋아. 엄마는 손으로 짜는 걸 좋아하는데 이런 대접의 물기를 호로록 마시고, 건더기를 건져 아까 마늘 소스를 바른 토스트 위에 얹어보렴. 너는 지중해의 신선함을 입으로 베어 물고 있는 걸 느끼게 될 거야.

그래, 엄마 없는 동안 너는 네 꿈을 이루기 위해 열심히 살았다는 것을 안다. 엄마가 얼마나 감사하고 대견해하는지 알아주면 좋겠다. 대학을 졸업하고 나면 경제적으로 전혀 지원하지 않는다는 엄마의 평소 철학에 따라 네가 그 힘든 아르바이트를 병행하는 것도 엄마는 감사하고 대견하단다.

네가 꿈을 이루기 위해 직장을 그만두겠다고 했을 때 엄마가 했던 말을 기억하니? 젊기 때문에 무조건 찬성이라고 했지. 실패도 엄청난 자산이 될 거고, 성공도 좋을 것이기에 말이야. 다만 지원은 없다고 못 박았던 것도 기억하니?

엄마의 경우를 돌아보면 그랬어. 그냥 썼어. 돈을 벌기 위해, 생활을 이어가기 위해. 세계 명작이라든가 베스트셀러 같은 것은 생각도 못했지. 그냥 생활을 하기 위해 열심히 쓰고 또 쓰다 보니 이런 날이 온 거야.

아직도 장담한다. 내게 거금을 물려준 부모가 있었다면, 위자료를 주고 아이들 양육비를 챙겨준 남편이 있었다면 무어라고 힘들게 글을 썼겠니. 돈을 위해 썼지만 돈만을 위해 쓰지는 않았던 이 아슬아슬한 줄타기가 사실은 엄청난 창조적 긴장을 내게 주지 않았던가 싶다. 그리고 그것이 준 가장 큰 미덕은 겸손이었던 거 같아.

올리브 열매 같은 아름다운 진실이 나오기를

　엄마도 욕망이 왜 없었겠니? 쓰기만 하면 칭찬받고 쓰기만 하면 정말 훌륭한 작품이라는 말을 왜 듣고 싶지 않았겠니? 만일 돈이 많았다면 내가 그런 욕심을 부렸을 것이라는 거야. 구상하는 데만 1년, 자료 찾는 데만 3년……, 뭐 집필은 10년. 그러나 10만 원짜리 회사 사보의 글부터 동화 각색, 윤문까지 해야 했던 그 시간들이, 그때는 비루하고 남루하며 비참하기까지 하다고 생각했던 그 노동들이 나로 하여금 끝없이 자판을 두드리게 했고 그리하여 언어를 더욱 친숙하게 견디게 해주었단다.

　그러니 위녕, 지금 아르바이트를 하며 견디는 너의 시간들을 절대로 지금의 슬픈 시선 속에 가두지 마라. 꿈이 이뤄지면 그때는 그 시간들이 네게 얼마나 향기로운 거름 같은 때였는지 알게 될 거야. 설사 꿈이 이뤄지지 않고 네가 진로를 변경한다 해도 자신의 밥그릇을 책임지려 노동하는 모든 사람은 추하지도 비뚤어지지도 타락하지도 않고 늠름하고 아름답단다. 풀 한 포기 자라지 않는 척박한 땅에서 볼품없이 자라나 열매를 맺고 인류 역사상 가장 민주적이고 기품 있는 도시의 상징이 된 올리브에서 나는 그런 걸 읽었단다.

　위녕, 비록 네가 앉은 자리가 딱딱하고 너의 옷이 낡고 네가 사는 집이 남루하더라도 올리브 열매 같은 아름다운 결실이 거기서 나

올 거라 믿자. 그렇다면 아무렇지도 않게 보낸 오늘 하루는 네 꿈의
한 자락이 되겠지.

• 스무 번째 레시피 •

집착을 내 머리맡에 갖다 둔 사람

아픈 날에는
녹두죽과 애호박부침

전에 네가 많이 아프던 날, 엄마가 네 집으로 달려가 해준 이 요리를 기억하니? 대개 엄마와 네가 만나는 날은 밖에서 우리 둘 다 좋아하는 회를 먹거나 고기를 굽거나 했는데, 이날은 네가 아팠고 힘겨웠기에 엄마가 장을 좀 봐 가지고 갔잖아. 한 10여 분 만에 엄마가 간단하고 소박한 상을 보았을 때 첫 숟갈을 뜨며 네가 말했어.

"엄마, 어떤 호텔의 화려한 식사보다 맛있고 편안해."

우리는 흐뭇하게 서로 웃으며 밥을 먹었다. 나도 아직 그날 너와 마주 앉아 먹었던 그 식탁을 잊지 못하고 있다. 그래, 그 요리 레시피를 가르쳐달라고? 그러자.

먼저 녹두죽. 오분도미(엄마는 백미 대신 오분도미를 먹으니까) 혹은 그냥 쌀 반 컵, 그리고 껍질을 벗긴 녹두 3분의 1 컵을 잘 씻어 냄비에 넣고 물을 10컵 정도(이거 다 종이컵 기준이야) 넣어. 끓기 시작하면 불을 줄인 뒤 바닥에 눌어붙지 않도록 가끔 저어준다. 푹 퍼진 죽을 좋아하면 물을 더 부어 좀 더 끓여도 좋고 말이야. 엄마는 조금 씹히는 죽을 좋아하기에 그리 많이 끓이지는 않는단다.

끓고 나서 한 15분 정도? 하지만 각자 취향이 다를 테니까 중간에 작은 티스푼으로 떠서 먹어보고 자기 입맛에 맞게 불을 끄는 시간을 조절하면 될 거야. 녹두는 알다시피 몸에 있는 독을 해독해주는 고마운 곡물이지. 그날도 네가 알레르기와 장염이 동시에 있다고 해서 엄마가 녹두를 사 간 거잖아.

죽이 끓는 동안 작은 애호박 하나를 준비해두렴. 애호박을 7밀리미터 정도 두께로 썰어. 그리고 기름을 두른 프라이팬에 그냥 투하, 앞뒤로 노릇하게 지져낸다. (여기서도 각자 취향대로 하면 돼. 엄마는 애호박부침도 약간 씹히는 맛이 있게 한단다.) 지져낸 애호박을 크고 예쁜 접시에 담아. 푸른 테두리와 노랗게 익은 애호박 살이 참 예쁘단다. 까나리 소스(까나리액젓 숟가락으로 하나, 마늘 다진 것 3분의 1 티스푼, 참기름 반 숟가락, 고춧가루와 깨 약간)—이 소스는 넉넉히 만들어 작은 병에 넣어두면 좋아. 원래 소스란 숙성될수록 맛있으니까. 엄마는 이 소스를 가지부침, 두부부침, 가끔은 도토리묵에 뿌려 먹어—를 동그란 애호박부침 한가운데 마치 파란 잎사귀에서 피어난 작은 꽃송이처럼 수줍게 한 방울씩 올린다. 이제 요리 끝이야.

집착과 사랑을 구별하는 법

엄마는 이 녹두죽과 애호박부침을 자주 해 먹어. 뭔가 몸 안에 꽉 차 있다고 느끼는 날, 속이 답답하다고 느끼는 날, 혹은 피부에 트러블이 일어나는 날에 말이야. 어쩌면 내 맘이 욕심과 집착으로 가득 차 있다고 느끼는 날에도 해 먹어.

너도 알지, 위녕? 그래, 고통은 집착에서 온다. 모든 고통이 다 거기서 오는 것은 아니겠지만, 거의 모든 고통이 그리로부터 나온단다. 엄마도 집착인 줄 모르고 집착했던 몇몇 사람과 욕망과 관념을 가지고 있었단다. 어느 날 알게 되었지. 그 사람들이 나쁘고 그 욕망이 충족되지 않아서 괴로운 게 아니라 꼭 그래야 한다고 믿는 내 마음에서 모든 고통이 끊임없이 생산된다는 것을 말이야.

자, 여기서부터 우리는 시작해야 해. 자기가 집착하고 있다는 것을 안다면 이미 해결은 시작된다. 집착인 줄도 모르고 있는 것, 그중에서도 그것이 집착인 줄 모르고 심지어 사랑이라고 믿는 것이 아마도 비극 중에 가장 큰 비극일 거다. 아내와 남편, 엄마와 아들, 남자와 권력……

집착과 사랑을 어떻게 구별하느냐고? 엄마도 여기서 많이 고민했어. 그건 끊임없는 자기 성찰을 해야 알아내는 어려운 것이긴 하지만 굳이 한 가지 방법이 있다면 이런 거다. 그것으로부터 고통이 온다면 그건 집착인 거야. 그가 이렇게 하면 네가 기쁘고 그가 저렇게 하면 네가 슬픔과 고통의 나락으로 떨어진다면 그게 집착이야. 사랑은 그가 어떻게 하든, 그가 너를 나쁘게 대해도, 그가 다른 사람과 가버린다 해도, 심지어 그가 죽는다 해도 변하지 않는단다. 그가 너를 아프게 할 때, 얼른 그와의 심리적 거리를 조금 더 떨어뜨려 그가 다시 회복되기를 바라며 바라볼 수 있으면 사랑이고 그렇지 않으면 집착이다.

사랑과 집착이 100퍼센트 순도로 있겠느냐마는 만일 이런 일이 좀 더 빈번하다면 네가 가진 감정이 집착일 확률이 높단다. 사랑하면 잘 헤어질 수 있지만 집착하면 헤어지지도 못해. 세상에서 가장 나쁜 관계는 헤어지지도 못하는 관계란다. 만일 네게 계속 고통을 주는 사람과 (그게 누구든) 심리적 거리를 잘 유지하지 못하면 그게 집착이다.

이것은 부모·자식이라 해도 마찬가지야. 서로는 부모·자식이기 이전에—자식이 설사 미성년자라 하더라도—우주의 자손이란다. 존재는 그 자체로 영향을 주고받을 수 있지만 서로 스밀 수는 없어. 필요에 따라 거리를 두어야 하고, 칼릴 지브란의 말대로 "서로 사이에 바람이 지나갈 수 있는 거리를 두어야" 하는 거다. 샴쌍둥이를 봐라. 두 존재를 분리시키기 위해 위험한 수술까지 감행하지 않니?

진정한 관계가 시작되는 때

언젠가 네가 어린 시절에 남자 친구의 전자우편 비밀번호를 알고 있는 것을 보고 엄마가 몹시 놀란 적이 있었지. 그래, 마음은 알지. 하나가 되고 싶은 그 마음. 뭐든지 함께하고 싶은 그 마음. 그러나 현실에서 하나가 된 사람은 아무도 없다. 단 한 커플도 없어. 앞서 말했지만 샴쌍둥이를 생각해보거라. 심지어 섹스라는 것조차 그토록 하나가 되고 싶어 서로의 몸을 포개고 비비나, 바로 그 육체의 껍질들 때문에 실은 서로가 다른 두 사람이라는 것만을 확인하고 관계를 마칠 수밖에 없단다.

그러니 앞으로 남자 친구를 만나면 비밀번호를 알려달라고 요구하지 말아야 한다. 네 비밀번호도 절대 가르쳐주지 마라. 그가 굳이 말하지 않거든 어젯밤 어디에 있었는지 물어볼 필요도 없다. 정말 성실한 사람은 그냥 대화 속에 너에게 투명하게 그것을 내보일 거니까.

너에게 비밀번호를 알려달라고 요구하고 네가 만나는 친구들을 제한하는 남자는 딱 두 번의 만남이면 아주 많지. 그것이 결혼이라는 틀로 옮겨 갔을 때 남자는 가정이라는 소왕국의 책임자가 될 확률이 높아. 일종의 정서적 직장 상사가 된단 말이지. 네가 직장에서 어떤 상사와 일할 때 편했는지 그려보면 안단다. 어차피 사랑도 가족도 모두 인간 사이의 소통이고 관계니까 말이야. 두 사람은 두 사람이고 어떤 사람도 똑같지 않을 수 있다는 것을 인정할 때 진정한 관계가 시작되는 거야.

위녕, 엄마가 젊었을 때는 이런 것을 가르쳐주는 사람이 하나도 없었기에 나는 참으로 깊고 길게 고통받았다. 그러던 어느 날 집착이라는 것을 깨닫게 되었고 고통이 일어날 때마다 그것을 버리려고 노력했어. 끊임없이 노력했다. 밤마다 비워내자고, 내려놓고 신께 맡기자고 집 바깥 아주 먼 쓰레기통에 그것을 내다 버리고 와도 날이 새면 그건 다시 머리맡에 와 있곤 했지. 대체 누구란 말이냐? 그걸 다시 머리맡에 가져다 놓고 간 사람 말이야. 그래, 바로 나였지. 미련이고 후회고 어리석음이었단다.

마치 시시포스가 밤사이 굴러떨어진 돌을 하루 종일 밀어 올리며 헛되이 고통을 당하듯, 엄마는 다시 그걸 챙겨 하루 종일 낑낑대며 내다 버리고는 했다. 내가 과연 변할 수 있을까 회의적이었어. 그런데 놀랍게도 천천히 욕망의 덩어리는 작아져갔다. 분명 작아져갔어. 다만 절망적일 정도로 천천히.

그래도 어쨌든 좋아지고 있는 거잖아. 그래서 나는 그것을 멈출 수 있었지. 그것만이 평화를 얻는 길이기도 했거든. 20년이 지난 지금 엄마는 이제 잘 버린다. 밤새 누가 다시 머리맡에 집착을 가져다 놓아도 아침이면 훌훌 다시 벗어버릴 수 있어. 이게 다 20년 동안의 노력이란다.

덜어내지 않으면 아무것도 채우지 못한다

얼마 전 네 꿈 하나가 희망의 문턱에서 좌절됐을 때 너는 많이 울적해했다.

"이 녀석아, 한술에 배부를 줄 알았니? 지난 일을 깨끗이 잊어버려. 다시 시작하면 되지."

전화로 네게 시원하게 말했지만 엄마가 왜 모를까? 젊은 날 그 바람, 그 욕망(내게는 소망이었던), 그 집착 한 부스러기 떼어놓기가 죽을 것처럼 아프다는 걸 말이야. 그래 그렇게 아팠던 나날들이 엄마에게도 많이 있었다. 소망이 너무 당연해서 내 살이 되어버렸기에 나중에는 그걸 떼어내는데 내 생살도 함께 잘려 나가는 것 같았던…… 지금 생각해도 몸서리쳐지던 아픔들이 있었단다.

바로 그런 날은 녹두죽을 먹자. 그도 아니면 단식을 해도 좋겠지. 덜어내지 않으면 아무것도 채워내지 못한다. 엄마가 저번에도 이야기했지만 손에 가득 든 은을 버려야 금을 얻을 수 있고 금을 버려야 다이아몬드를 얻는다. 삶은 우리에게 온갖 좋은 것을 주려고 손을 내미는데 우리가 받을 수 있는 손이 없는지도 몰라.

이 글을 쓰다 말고 엄마는 창살로 들어오는 햇살에 두 손을 내밀었다. 따스하고 보드랍고 까슬까슬한 이른 봄의 햇살이 노랗게 손바닥을 적셔온다. 느껴보렴. 이게 실은 다이아몬드보다 소중하지 않

니? 이 귀하고 감사한 것들이 아무 대가도 없이 이 천지에 가득하지
않니? 그러니 위녕, 너는 결코 가난하지 않다.

내가 먹을 건 내 맘대로 만들자

요리라고 부를 수도 없는
달걀 요리

이걸 요리라고 부를 수 있을까 고민했다마는, 그냥 해보기로 하자. 오늘 요리는 삶은 달걀 요리야. 재료는 삶은 달걀. 부재료는 마요네즈. 여기에 깨소금 혹은 통깨, 방울토마토, 치즈 혹은 올리브, 소시지, 뭐 네 맘대로 준비하길.

요리 순서는 이래. 먼저 달걀을 삶는다. 알지? 언제나 찬물에 달걀을 넣고 물이 끓기 시작한 뒤 7분이면 반숙, 15분이면 완숙이 된다는 거. 이것 정도는 외워놓으면 참 좋지. 완숙으로 삶은 달걀을 껍질 벗기고 반으로 갈라 노른자를 꺼내 마요네즈에 비빈다. 그리고 다시 달걀 안에 넣는다. 이게 다야. 그걸 다시 완전한 삶은 달걀인 척 두 반쪽을 붙여 온 쪽을 만들어도 되고 반쪽을 주르르 세워도 돼.

먹는 데 있어선, 우리는 언제나 자유

응, 그러니까 우리가 당연히 요리라고 불러도 되는 오늘의 요리는 어린 시절 외할머니가 엄마 도시락에 자주 넣어주던 요리였어. 당시 도시락에 달걀 프라이를 하나 해서 밥 위에 덮밥처럼 올리는 경우가 많았는데, 나는 그 기름기가 밥에 묻어나는 게 싫어 외할머니께 제안했던 거란다. 그래, 어이없게도. 이게 다야!

가끔 그 안에 통깨를 넣으면 씹는 맛이 아주 고소하지. 치즈 가루를 넣어도 좋아, 위에 뿌려도 되고. 친구들을 초대한 날이면 이걸 여러 개 만들어 노른자 위에 색깔별로 방울토마토나 햄, 올리브 등을 올려도 아주 예뻐. 검은 올리브를 다져서 마요네즈와 섞어도 예쁘고. 아침 식사에도 좋고 말이야. 파삭한 토스트와 함께 먹으면 된단다. 엄마가 도시락을 먹을 때 그랬듯이 밥하고 먹어도 괜찮아. 아이들 이유식으로도 좋단다. 피크닉 음식으로도 좋고 말이야. 언제나 그렇듯 요리는 여기서 끝.

그래 이것도 요리지 뭐, 우리는 언제나 자유니까! 먹는 데까지 남의 눈치를 볼 필요가 없을 테니 말이야. 이왕 먹는 방법에 대한 이야기가 나왔으니 말인데 이런 이야기를 하나 들려줘볼까?

엄마가 독일에 머물던 때 네 동생들이랑 여름휴가를 칸과 니스 사이에 위치한 조그만 프랑스 남부 지중해 연안의 한 도시로 갔어. 거기에 클럽 메드라는 휴양지가 있었거든. 막상 도착했더니 동양 사람은 우리 가족하고 일본인 가족이 전부였어.

클럽 메드라는 곳이 원래 '무엇이든 할 수 있는 자유, 아무것도 하지 않을 자유'라는 모토를 내세우는 곳이어서 우리는 그냥 즐거웠단다. 거기에서는 세끼를 다 주고(식사 시간도 내 마음대로 자유로워)

그래 이것도 요리지 뭐, 우리는 언제나 자유니까!
먹는 데까지 남의 눈치를 볼 필요가 없을 테니 말이야

맥주와 와인은 무한 리필! (이러니 엄마가 얼마나 그곳을 좋아했겠니?)

총 8일간의 일정이었기에 나중에는 그곳에 온 프랑스인들이랑 독일 혹은 영국에서 온 사람들을 사귀게 되었는데, 그들 중에 기억나는 사람들은 프랑스 파리 디즈니랜드의 만화 책임자(그는 이혼했는데 딸들을 키우는 부인이 남자 친구와 바캉스를 가야 해서 자기가 이 여름에 딸들과 지내고 있다고 소개했다)와 독일에서 온 화학과 수학 교수 부부였단다. 굳이 그들의 직업을 밝히는 이유는 먹는 이야기를 하기 위해서야. 그들이 그 사회의 지식인이고 중산층, 그러니까 식문화에 대한 에티켓을 어느 정도 지니고 있는 사람들이라는 이야기를 하기 위해서야.

그곳에서는 저녁이면 정찬이 나오고 늘 와인이 따라 나왔지. 정찬을 받은 뒤 메인 테이블로 가서 테이블에 쌓인 와인을 하나 골라 오면 되는데 그날은 아주 더웠다. 그날 제공된 것은 로제 와인(화이트와 레드 사이의 빛깔을 띤)이었는데 얼음에 채워져 아주 차가웠어. 그런데 그 사람들이 한편에 쌓인 아이들 음료용 얼음을 가져다가 근사한 와인 잔에 든 로제 와인에 와르르 쏟아 넣었다. 고기에 레드 와인, 생선에 화이트 와인이라는 공식이 서양 사회에서도 얼마간 깨진 것을 알고 있었지만 약간 충격이었지. 내가 알기로 어떤 와인이든 얼음을 직접 넣어 마시는 건 처음 봤으니까. 로제 와인은 연한 환타 빛깔이 되어버렸어.

내가 그들에게 물었어. "와인에 얼음을 넣어 마셔도 돼요?"

그러자 그들이 웃으며 동시에 대답했지.

"왜 안 되죠? 더운데."

그때 엄마는 먹거리에 대한, 서양의 에티켓에 대한 우리의 경직된 틀에 관한 많은 것들이 깨지는 소리를 들었다. 신선한 충격이었지. 맞아, 먹는다는 것은 먹는 사람의 자유잖아! 내 입에 들어가는 건데 내 맘대로 해야지(아, 가끔 당연한 것을 당연하다고 깨달을 때의 그 신선함이 너무 좋아). 아직도 내게는 잊지 못할 유쾌한 배움으로 기억되는 여름날이란다.

독거노인에게 밥하는 법 가르치기

잡지에 요리 글을 연재하는 동안 어떤 남자분이 긴 편지를 보내셨단다. 한 번도 요리를 해본 일이 없었는데 정말 5분이면 된다는 내 말을 믿고 아내의 생일날 새우 요리와 국수를 만들고 후식으로 꿀바나나를 해주었는데 놀랍게도 맛있었다고. 특히 꿀바나나는 꿀이 없어 시럽을 얹어 구웠는데도 한 번 더 구워야 할 정도로 인기가 좋았다고 말이야. 정말로 5분이 걸렸고 정말로 맛이 있었다고. 이제 요리를 할 수 있을 거 같다고 말이야. 얼마나 흐뭇하던지. 내가 꼭 그 음식을 대접받은 것처럼 기뻤단다.

사람이 진정 자립을 한다는 것, 사람이 진정 어른이 되어 자기를 책임진다는 것은 간단하더라도 자기가 먹을 음식을 만든다는 것이 포함돼. 아주 중요한 요소지.

얼마 전 어떤 사회복지사를 만나 이야기하는데, 독거노인 중 남자 노인의 자살 충동에는 먹거리를 한 번도 책임져보지 못해 이제는 엄두조차 낼 수 없는 절망도 상당히 중요한 요인이라고 하더라. 일리가 있었어. 그래서 그는 독거노인들에게 요리 강습을 해야 한다고, 밥하는 법부터 간단한 겉절이와 국 만드는 것까지 가르쳐야 한다고 하시더라구.

그럴 수 있겠다 싶더라. 급식도 외식도 실은 한계가 있는 거니까. 내가 먹을 것 내 맘대로 만드는 것도 인간 존엄의 큰 요소이고 심지어 삶의 이유가 되기도 하니까. 정말 그 남자분과 가족들에게 축하를 해드리고 싶었지.

위녕, 이제 너도 어른이니 네 먹거리를 이렇게 만들어 먹는 게 좋지? 음식을 만든다는 것은 단순히 입만 만족시키는 것은 아니다. 엄마가 전에도 말했지만 우울해지려고 하면 몸을 움직여라. 딱 한 번만 움직이면 돼. 이럴 때 제일 좋은 게 바로 요리나 집 안 청소 혹은 음악을 들으며 걷기 등인 거 같아. 네가 우울해하는 데는 수만 가지 원인이 있겠지만 그럼에도 불구하고 그것을 극복하는 것은 딱 한 가지야. 우선 몸을 움직이고 맛있는 것을 먹고(네 몸에 좋은 것, 살도 안 찌는 것 말이야) 따뜻하게 너를 감싸는 것. 그리고 좋은 말씀을 읽거나 듣고 밝은 생각을 하는 것.

몸이 진짜로 원하는 것

엄마가 전에도 이야기했지만 만일 네가 외롭거든 지금은 남자친구를 사귈 때가 아니야. 배가 고픈 사람은 제 몸에 나쁜 것에도 크게 흔들리는 법이란다. 만일 네가 외롭거든 지금은 독서를 해야 한다. 더욱 혼자 있어야 해. 가장 좋은 방법은 기도를 규칙적으로 하는 것, 봉사를 하는 것이란다. 기도는 일정 시간을 정해서 해(특히 이른 아침이라면 그 효과는 10배, 20배가 넘지). 그리고 봉사…… 알지? 너를 기다리는 수많은 손길들이 있어. 일주일에 한 번, 서너 시간 정도를 내보는 것. 이건 너에게 아주 좋은 방법이야.

만일 외롭기 때문에 아무나 만난다면 그건 그 사람을 너의 외로움을 위해 이용하는 것일 수 있단다. 사람은 수단이 아니거든. 누군가가 외로워서 그냥 여자가 필요한 차에 너를 만났다면 너도 그리 좋지는 않겠지.

그러니 좋은 선택을 위해 우선은 너를 알아야 한다. 네 몸이 어떤 상태인지, 네 맘이 무엇을 원하는지, 네가 느끼는 고통이 진짜인지 가짜인지. 누군가가 그런 말을 하더라. "당신은 진정 당신 몸속에 살고 있나요?" 난 그 질문을 들었을 때 깜짝 놀랐어. 그럼 내가 내 몸에 살지, 어디 살아요? 그런데 이런 생각이 들더라구. 정말?

오늘은 네 몸을 한번 느껴보아라. 네 몸이 진짜로 원하는 것이 수많은 단것인지, 싸구려 기름이 범벅된 것들인지, MSG로 위장한 맛있고 자극적인 것들인지. 그래 가끔 그럴 수도 있지. 그렇지만 한 번 더 물어봐. "정말?"

배고플 때, 몸에 나빠도 좋은 재료로 만든 것들이 아닌 걸 알면서도 막 아무거나 쑤셔 넣고 싶을 때, 엄마도 멈추고 호흡을 가라앉히고 자신에게 이렇게 물었다. "정말?" 그러자 뜻밖에도 눈물이 나오더구나. 아니, 내가 원한 건 그런 게 아니었어. 나는 내 나쁜 감정들과 느낌들(외로움, 소외감, 절망감, 상실감, 분노심 같은 것들)을 그런 것들로 얼른 위장하고 싶었던 거야. 그럴 때 몸은 오히려 비우기를 원했더라고. 좀 가만히 나와 함께 있고 싶어 했던 거더라고. 맑은 차를 마시며 천천히 혼자 생각을 가다듬어 자신의 나쁜 것들을 알아보고 정화하고 싶어 하는 것을 알았지.

외롭다는 것이 고통스럽다면 네 자신과 함께 있어봐라. 어차피 네 자신과 함께 있지 못하면 누구와 함께 있어도 외로워. 그리고 그럴 때의 외로움은 '골 때리는 외로움'이란다. 그러니 혼자 잘 지낼 수

있어야 한다. 우선 네 육체를 돌보고. (엄마가 늘 말했지만 육체와 정신
이 둘이 아니고, 우선 육체가 반응도 빠르고 눈에도 잘 보이니까 말이야.)

어제는 거리를 걷는데 바람이 얼마나 부드러운지 내 목에 감겨
있던 스카프를 풀어 백에다 매어주었단다. 오늘은 새소리에 눈을 떴
어. 늘 마시던 커피 대신 허브를 우린 차가 마시고 싶어 그렇게 했
다. 밤새 내 베개맡에 떨어져 내린 후회들을 모아 볕에 내다 말렸다.
감사하다고 말했단다. 이 모든 것들, 이 하늘, 이 바람, 이 공기 그리
고 이 아침…… 내게 무상으로 주어지는 이 모든 것들에 감사하다
고, 이 시간을 귀하게 쓰고 싶다고.

사랑하는 위녕, 창문을 열고 대청소라도 해보렴. 오페라 〈피가
로의 결혼〉에 나오는 〈저녁 바람은 부드럽게〉라는 이중창을 들어보
렴. 삶은 이렇게 다시 시작된다. 오늘이 그날이야. 어떤 상황에서도
너는 다시 시작할 수 있고 행복하고 의미 있는 삶을 살 수 있다. 우
리는 행복할 권리가 있어. 그걸 잊지 마라. 네 청춘을 축복하고 싶
다. 고통마저 눈부실 수 있는 이 청춘의 봄날을!

오늘 네가 제일 아름답다

봄을 향긋하게 하는
콩나물밥과 달래간장

하도 밥 같지 않은 것들만 가르쳐주었더니 너의 목소리가 들려오는 듯하다. "엄마 끼니를 잇게 해주세요." 그래, 오늘은 밥을 먹어볼까. 아삭아삭 씹히는 콩나물밥에 이 봄을 향긋하게 하는 달래간장을 먹자. 콩나물밥은 내가 인터넷을 찾아보니 이런 레시피는 없던데…… 아무튼 이건 세상에서 제일 쉬운 엄마표 콩나물밥이야.

어떻게 먹느냐는 먹는 사람 마음

먼저 삼겹살을 반 주먹 정도 준비해. 조금 더 많이 들어가도 조금 덜 들어가도 아무 문제 없으니 네 취향껏. 그걸 나무젓가락 굵기 정도로 썰어. 길이는 3~5센티미터 정도. 엄마는 이걸 나중에 밥숟가락에 콩나물과 밥 등과 함께 얹혀야 하니 조금은 가늘게 썰어놓고는 한단다. 이것도 네 취향껏 삼겹살구이처럼 큰 것을 밥에 척척 얹어 먹어도 상관은 없어. 앞에서 엄마가 말한 대로 밥을 어떻게 먹느냐는 전적으로 먹는 사람의 자유니까.

이걸 냄비에 넣고 참기름을 네 맘대로 넣고 볶아. 으흠, 맛있는 냄새가 벌써 나는 듯하지? 여기에 깨끗이 씻은 콩나물을 투하(1인분이니까 요즘 나오는 봉지 콩나물의 반 봉지 정도). 뚜껑을 덮어 한 김을 올리고 나서 불을 끈다. 끝!

뭐가 이러냐고? 그래, 이게 다야. 쌀을 씻어 콩나물을 넣어 안치고 하는 밥이 아니라 원래 되어 있는 밥이나 찬밥 혹은 인스턴트 밥을 여기에 투하해 쓱쓱 비벼 먹는 거야. 쌀을 넣어서 하는 것과 다른 장점은 이것만 따로 만들어놓고 식구들이 들어오는 대로 따뜻한 밥에 이걸 따로 데워줄 수 있다는 거지. 엄마는 혼자 먹을 때도 봉지 콩나물을 한 봉지 다 넣어서 먹어. 어떻게든 살이 찌지 않으려고 콩나물을 많이 먹는단다. 그래도 질리지 않는 고마운 콩나물.

다음은 달래간장이야. 달래간장은 달래를 깨끗이 씻어 송송 썰어(너무 잘게 써는 것보다 약간 씹히는 맛이 있게 하는 게 좋더라고) 여기에 들기름(없으면 참기름도 괜찮아)을 네 마음대로 투하해. (설마 종지 가득 기름만 붓지는 않겠지. 이런 것의 양에 스트레스 받지 말자.) 식초 몇 방울과 약간의 고춧가루를 뿌리고 식탁에 올려.

먼저 비빔 그릇에 밥을 적당히 푸고는 그 위에 콩나물과 삼겹살 익힌 것을 올려. 식탁이 차려지면 달래가 아직 푸릇푸릇 머리를 들고 선 종지에 살포시 시판 진간장을 부어주고는 휘이 저어 바로 콩나물밥에 투하한 뒤 비빈다. 여기서 핵심은 미리 종지에 간장을 부어놓으면 달래가 숨이 죽고 향이 달아난다는 것. 그리고 냠냠 먹으면 돼. 어때, 아주 쉽지?

　여기에서 상을 조금 더 풍성하게 하려면 콩나물 조금 남은 것으로 맑은 물에 파와 마늘과 소금을 살짝 넣고 콩나물국을 끓여 곁들이거나, 파래김을 양념 없이 파르스름하게 구워 달래간장을 조금 올려 싸 먹어도 좋지. 싸륵싸륵 씹히는 소리를 생각만 해도 향기롭구나.

　여기에 고등어나 가자미, 삼치 구이를 반찬으로 곁들여도 아주 어울린단다. 알지? 고등어나 삼치, 가자미를 기름에 구울 때는 그냥 구워도 좋지만 얇은 비닐 백에 밀가루나 튀김 가루 혹은 부침 가루를 밥숟가락으로 하나 넣고 여기에 생선을 넣고는 흔들어. 옷을 잘 입은 하얀 생선을 프라이팬에 구우면 모양도 좋고 나중에 껍질까지 맛있게 먹을 수 있다는 거.

　남은 달래는 랩을 씌워 잘 놔두었다가 다음 날 모락모락 김이 오르는 밥에 이 달래간장을 만들어 얹어 파랗게 구운 파래김에 그 밥을 싸 먹으면 정말 맛있단다. 아마 봄 바다와 봄의 들이 입으로 들어오는 것처럼 상쾌할지도 몰라. 그도 아니면 두부를 노릇하게 기름에 구워 여기에 달래간장을 살포시 얹어 먹어도 좋아. 다른 소스와 달리 달래간장은 바로 만들어 다 먹는 게 맛있더라고. 그러니 한꺼번에 너무 많이 만들지는 말 것.

오늘은 내가 가장 아름다운 날

엄마는 오늘 시골집에서 버스를 타고 내게 오는 너를 기다리며 이 글을 쓰고 있다. 오늘은 아침 일찍 일어나 이부자리를 베란다에 탁탁 털어 말렸어. 밤새 엄마의 머리를 어지럽힌 후회와 미련 들이 비듬처럼 허공으로 흩어지더구나. 깨끗하게 청소를 하고 허브티를 우렸어. 엄마가 아끼는 찻잔에 투명하고 맑은 녹색의 액체를 따랐지.

문득 거울을 보는데 52년을 살아오는 동안 오늘 내가 제일 아름답다는 생각이 드는 거야. 오 위녕, 엄마의 이 심정을 네가 알 수 있을까. 순간 코끝이 매워졌고 뭐라고 형언할 수 없는 감정들이 내게로 몰려왔단다. 내가 아무리 작가지만 나는 이 느낌을 네게 다 표현할 수가 없다. 솔직히 쉰두 살에 내가 나를 보고 오늘이 살아온 날들 중에서 내가 가장 아름다운 날이다, 라고 말할 줄 몰랐어.

그래 몰랐다. 너같이 어여쁜 딸을 둔 엄마가 될 줄도, 남들에게 손가락질을 받든 찬사를 받든 이렇게 유명해질 줄도 몰랐다. 이렇게 혼자서 아침을 맞게 될 줄도 몰랐고, 이렇게 슬픈 지난날을 많이 둔 중년의 아줌마가 될 줄도 몰랐지. 또한 몰랐어, 오십이 넘었는데 아직도 저 떠오르는 태양이 당연하지 않고, 실은 감사하고 아니 더 솔직히 감격일 줄 몰랐지. 그래 몰랐다.

봄이라서일까? 이 고통스러운 삶의 찬가라도 부르고 싶구나.

지난번인가 서울 강남역의 거리를 걷는데 밤 8~9시쯤 되었을까. 타로, 신수, 사주 등등의 간판 앞에 네 또래 여성들이 줄을 서서 기다리는 것을 보고 약간 충격을 받았다. 날씨는 조금 쌀쌀했고, 밤도 깊어가는데⋯⋯.

엄마의 젊은 날들을 생각해보았단다. 나도 불안했지. 막연했고 두려웠어. 생각해보니 나도 친구들과 만나 이른 저녁을 먹고 수다를 떨다가 그런 곳을 찾아 나섰던 적이 있었다. 생각해보면 그것은 그때 냈던 5,000원 혹은 1만 원어치의 위안은 되었던 거 같아. 나는 그것조차 부정하고 싶지는 않다. 실은 5,000원, 1만 원을 받고 혹은 그 이상을 우리에게 앗아가면서 위안은커녕 절망과 모멸만 주는 일도 이 세상에는 너무도 많으니까. 심지어 매사에 열심인 이 엄마는 나중에는 성에 차지 않아 별자리·사주 등을 직접 공부하기까지 했단다. 너도 알지? 엄마가 사주를 봐주기도 했던 지난날 말이야.

당연하게도 결론은⋯⋯ 모른다는 거였단다. 그래 몰라. 그런데 이 모름이 실은 우리를 살아 있게 하는 거야. 생각해봤지. 엄마가 만일 스물몇 살 네 나이에 엄마의 현재 처지를 정확히 예언하는 소리를 들었고 그게 맞는 게 틀림없었다면 나는 과연 그 이후의 삶을 살 수 있었을까? "당신은 세 번 이혼할 거고 성이 다른 세 아이가 있을 거고 오십이 넘어 어느 날 '아, 그래도 괜찮다'는 생각을 할 거다", 라는 예언을 들었다면 말이야.

다행히도 엄마는 그런 예언을 들어본 일이 없었고 매번이 마지막이고 매번이 단 한 번이다 생각하며 살았단다. 결과가 어찌 됐든 얼마나 다행인지 말이야. 몰라서 난 드디어 오늘 내가 쉰두 살 먹은 중에 제일 아름답다, 라는 생각에 도달한 거야.

미래 예언에 대한 우스운 일화를 하나 들려줄까? 엄마의 선배 중에 철학과를 나온 분이 계신데, 1970년대 초 그야말로 아직 미개한 군대에 이분이 들어가 생긴 일이다. 그때 상사들이 유명 대학 철학과를 다니다 온 이 선배를 괴롭히기 위해, "이 자식아 너 철학과 나왔어? 내 손금을 보고 앞으로 내가 어떻게 될지 말해봐!" 했다는 거야(지금도 그러지만 그때는 더욱 점집 이름이 '○○철학관'이랬거든. 그리고 대답을 하지 못하면 팼대. 으이구, 네 동생이 곧 갈 군대 이야기는 더 하지는 말자). 그래서 선배가 오직 살기 위해 몇 가지를 고안해냈는데, 그건 어떤 사람을 만나든지 "내 점괘는 극비 사항이니 어디 가서 발설하지 말라" 하고는 심오한 표정으로 관상을 살피고 손금을 들여다본 다음 말하는 거였다.

"당신은 참 외로운 사람이군요."

그러면 100명 중 딱 100명의 사람이 숨을 멈칫하면서, 혹은 눈물이 글썽해서 진지하게 고개를 끄덕이며 이 사람의 말을 기다린다는 거야. 그래서 두 번째로 말해준대.

"당신은 늘 쉬운 길을 두고 멀리 돌아 어려운 길을 가는군요."

그러면 100명의 사람 중 98명이 고개를 끄덕이며 "어떻게 그렇게 잘 맞히느냐" 감탄을 한다는구나. 나머지 2명? 그들은 너무 놀라 말을 잇지 못하고 말이야. 그래서 세 번째 말을 해준대.

"앞으로 유혹이 있더라도 선하고 옳은 길을 가면 당신의 중년과 말년이 크게 좋을 겁니다."

그렇게 하면 100명 중 93명이 고맙다고 정말 용하다고 하며 기뻐했단다. 나머지 7명? 그들은 술을 사주기로 약속을 했다나?

죽는 날 아침에도 거울을 보며 말하고 싶구나

그래 위녕, 우리는 모두 외롭다. 우리는 어리석게도 늘 쉬운 길을 놔두고 어렵고 복잡하고 어리석은 길을 돌아 돌아 원래 있어야 할 그 쉬운 지점으로 온다. 그리고 어떤 유혹이 있어도 우리가 올바르고 선하게 살면 끝이 좋을 거라는 것을 마음속 깊이 알고 있단다. 이게 신이 우리에게 허락한 운명의 전부이다. 위녕.

엄마는 가끔 죽음을 생각한단다. 이 나이가 되면 죽음을 준비해

네가
살아온
모든 날 중에서
오늘
네가 제일
아름답다.

야 하고. 실은 젊은 날부터 그랬어. 내가 언제 죽을지 알 수 없기에 나는 이 글을 쓰고 네가 오면 함께 깔깔거리며 먹을거리들을 준비한단다. 언제 죽을지 알 수 없기에 내게는 오늘이 더 소중하고 아름답단다.

아름다운 나의 딸, 그래 하루씩 사는 거야. 오직 오늘이 있을 뿐이야. 그게 인생의 전부이다. 엄마를 만나러 오는 버스 안에서 네가 보는 풍경이 온통 봄빛이라면 네 인생은 전부 봄인 거야. 엄마는 이제 너를 마중하러 들길을 걸어 나가련다. 죽는 날 아침에도 거울을 보며 말하고 싶구나. "네가 살아온 모든 날 중에서 오늘 네가 제일 아름답다" 하고.

뼈저린 후회는 더 사랑하지 못한 것

너를 낳고 홍콩에서 먹은
더운 양상추

아주 오래전의 일이야. 엄마의 첫 해외여행은 너를 낳고 나서 외할머니를 따라 당시 너의 이모가 살고 있는 홍콩으로 갔던 거였어. 나는 그때 아직 서른이 안 된, 지금의 네 나이쯤이었을 거다. 죽고 싶었던 마음이 많은 나를 외할머니가 끌고 너의 이모이자 나의 언니가 타국에서 둘째 아이 낳는 일을 도와주자고 했지.

　　커다란 내 가방에는 한국 담배와 노트가 들어 있었다. 내게 위안이 있었다면 혹은 내가 죽지 않을 수 있었던 것은 내가 틈이 날 때마다 담배를 피웠고 그렇게 호흡을 가다듬으며 터질 듯이 고통으로 뛰던 심장을 진정시킬 수 있었다는 것 하나하고, 막막하고 빈 노트를 펴놓고 거기에 나의 모든 것들을 써넣었기 때문일 거야. 젊은 내 가방은 그렇게 단출했고 나머지는 대충 외할머니가 시키는 것을 구겨 넣었단다.

　　처음 나와보는 이국, 홍콩의 5월은 이미 여름이어서 칸나처럼 키가 큰 봉숭아가 피어 있었고 담마다 진홍색 부겐빌레아가 늘어서 있었는데 그것이 내게는 내 슬픔이 토해낸 각혈 덩어리처럼 느껴지던, 어쩌면 잔인한 시절이었단다.

　　외할머니와 이모는 병원으로 가고 나는 당시 초등학교 1학년이던 조카를 학교 버스 타는 데까지 데려다주고 오후엔 다시 그 아이를 데려오는 일을 맡았지. 그 나머지는 주체할 수 없이 시간이 남아돌았단다.

당시 이모네 집은 모든 방에서 바다가 보였고 당연히 내가 쓰던 방에서도 바다가 내려다보였어. 줄곧 담배를 피워대면서 나는 겨우 버티고 있었던 거 같다. 거기서도 담배를 피웠고 글을 썼다. 생각해보면 글쓰기란 내게 늘 그랬어. 나의 모든 것이었단다. 나의 친구, 나의 애인, 나의 부모, 나의 고해신부, 나의 위로자……. 원고료가 주어지지 않던 글쓰기도 그렇게 좋았는데 나중에 그런 글로 원고료까지 얻게 되었을 때 기쁨이 얼마나 컸던지.

차가운 샐러드가 꺼려질 때

그 무렵 어느 일요일, 너의 이모부가 아침을 사주겠다고 제의했단다. 형부와 나는 조카와 함께 홍콩 바닷가의 한 중국 음식점에 들어갔어. 광둥 요리라는 게 원래 세계 최고의 맛을 자랑하는 것이다마는 당시 나는 아주 조금씩밖에 먹지 못했어. 먹기만 하면 위가 그걸 소화시키지 못해서 나는 거의 먹지 못하고 있었다. 더구나 기름진 중국 요리를 그렇게 좋아하지 않는 편이라서 망설이는데, 너의 이모부가 소화도 잘되고 부담이 없을 거라면서 몇 가지 채소 요리를 시켜주었단다.

처음 이 요리를 보았을 때 '세상에 이게 양상추라니' 하는 생각을 했단다. 그리고 그걸 입에 넣었어. 검은 소스에 찍어서 말이야. 아아, 그때 내 입 속에서 느껴지던 따스함과 아직 싱싱한 아삭거림과 소스의 향긋함이라니……. 사실 그때 홍콩의 그 음식점에서 내게 주어졌던 그 소스가 굴 소스인지 무슨 소스인지 나는 몰라. 이후 한국에 돌아와 여러 번 그 요리를 찾으려고 온갖 문헌을 뒤졌지만 찾지 못했어. 지금은 혹시 있으려나.

어쨌든 내 미각의 기억으로 복원한 요리는 이렇게 하는 거야. 너도 엄마 설명을 들으면 이 요리를 기억할 거야. 너랑 나랑 앉아 양상추 한 통을 다 먹었잖아.

우선 양상추 반 통만 쓸까? 아니다. 두 손으로 감싸 쥐었을 때 꽉차는 양상추 한 통, 뭐 더 커도 더 작아도 상관없어. 어쨌든 양상추.

좀 커다란 냄비에 넉넉히 물을 붓고 끓여. 물이 끓는 동안 시판하는 굴 소스를 작은 종지에 한 티스푼 정도 담고 물을 넣어 묽게 만들어. 굴 소스는 좀 짠 게 흠이니까, 농도는 그냥 연한 간장 정도로 하면 될 거야. 이제 끓는 물에 잘 씻은 양상추를 넣어라.

양상추가 숨이 죽었다 싶으면(그러니까 구부려봐도 부러지지 않는 정도) 그 위에 올리브유나 포도씨유나 현미유나, 뭐 네가 아는 기

엄마같이 몸이 차가운 사람들은
찬 음식이 좋지 않아서 서양식 채소 샐러드가 좀 꺼려지는데
그럴 때는 이 더운 양상추 요리를 먹어.

름을 밥숟가락 하나나 둘 혹은 셋 정도 뿌려. 그리고 체로 건져 크고 예쁜 접시에 담아라. 그러면 뜨거운 양상추에 흩뿌려진 기름 때문에 양상추는 그리 빨리 식지 않을 거야. 양상추를 개인 접시에 하나씩 가져와 굴 소스 희석한 것을 조금 뿌려 냠냠 먹으면 돼. 이게 다야.

엄마같이 몸이 차가운 사람들은 찬 음식이 좋지 않아서 서양식 채소 샐러드가 좀 꺼려지는데 그럴 때는 이 더운 양상추 요리를 먹어. 샐러드를 만들고 남은 양상추가 냉장고에서 시들어갈 때도 이걸 만들어 먹어. 술안주로도 아주 좋아. 여기엔 역시 중국식 고량주. 소주 혹은 청주도 의외로 어울린단다.

지난번 네가 다녀간 뒤 엄마는 네게 주려고 샐러드 재료들을 사 놓았다가 양상추가 남았기에 혼자 이걸 해 먹었단다. 그리고 엄마가 외할머니와 홍콩에 갔을 때 한 살이던, 그때도 키가 컸고 누구보다 영특했고 착하고 어여뻤던 너를 생각했다. 지난날을 돌아보면 돈을 헛되이 잃어버린 것도 그 사람을 떠나보낸 것도 실은 그리 후회되지 않아. 그때 그 집을 헐값에 팔아버린 거랑, 그때 울면서 바보짓을 했던 것도 더 열심히 공부하지 않았던 것도 그냥 그래. 언제나 뼈저린 후회는 한 가지뿐이야. 너희를 더 사랑해주지 못한 것. 이 후회 역시 궁극적으로는 어리석겠지만 말이야.

그냥 주는 것은 정말 어려운 일

그날 네가 물었지.

"엄마, 마음을 다쳤어. 선의로 무언가를 해주었는데 그만 상처만 받고 끝나버리고 말았어."

위녕, 엄마는 그렇게 생각한단다. 살다 보니까 세상에서 제일 어려운 일 중의 하나가 선의로 무언가를 대가 없이 누군가에게 주는 일이었어. 이상도 하지? 그리고 그 대가는 대개는 가혹해. 이건 불우 이웃 돕기 성금을 내거나 결식아동들을 돕거나 하는 일을 말하는 건 아니야. 이건 서로 얼굴을 아는 사이에서 오가는 무상의 공급(?)에 대한 이야기야.

이건 엄마가 전에 말한 대로 '늘 주기만 하는 A는 늘 받기만 하는 B에게 필연적으로 배반당한다'와 같은 맥락이란다. 인간의 심리 속으로 더 깊이 들어가면 복잡할 거 같아 여기서 결론을 말한다면, 그냥 주는 것은 정말 어려운 일이다. 세상에서 제일 어려운 일이야. 그러니 만일 네가 사랑하는 누군가에게, 아니 사랑하지 않아도 그냥 친분이 있는 누군가에게 무엇을 거저 주려고 한다면 한 가지는 명심해야 해. 우선 숨을 깊이 들이마시고 한 번은 곰곰 생각해봐야 해. 그 일로 인해 너는 그에게 고맙다는 말을 듣기는커녕 험담을 들을지도 모르고 혹은 온갖 비방에 시달릴지도 모른다고. 몇 번의 뼈아픈 경험을 하고 나서 나는 이제 그럴 경우 내 자신에게 물어.

"네가 이것을 주고 나서 너는 그걸 준 대가로 욕을 바가지로 먹고 모함당할 것이다. 그래도 좋은가?"

심하다고? 아니 그렇지 않아. 이런 물음 없이 주는 행위는 사실 위험할 수 있단다. 첫째, 내가 괜히 좋은 사람인 것 같은 착각에 빠지게 될 위험이 제일 크고, 받는 상대는 자존심이 상하게 될 수 있다. 주는 나는 안 그러려고 해도 조금의 서운한 행동에도 '내가 줬는데 어떻게 저럴 수 있을까?' 할 수 있고 받은 그는 '줬다고 저런 식으로 유세를 하는구나' 하는 이중의 오해들에 빠지기가 아주 쉽지. 잘 생각해봐. 엄마 말이 그리 틀리지는 않을 거야. 어쩌면 무상으로 주는 이유는 내 스스로 잘난 척, 어렵게 말하면 좋은 사람이고 싶다는 일종의 욕심일 수가 많단다.

이런 질문을 한 이후에 누굴 돕겠느냐고? 아니 이런 질문을 스스로에게 던지고도 도울 일은 많단다. 이런 질문을 하고 아예 보답은커녕 욕먹을 각오까지 하고 나면 그가 고맙다는 말을 하지 않아도 욕이나 안 먹은 것에 감사하게 되는 이상한 효과(?)도 있더라고. 알고 보니 엄마의 이 생각이 틀리지 않아.

불교에서는 이런 걸 '무주상보시無住相布施'라고 하고 그리스도교에서는 예수가 "왼손이 하는 일을 오른손이 모르게 하라"고 하셨지. 오홋, 엄마가 너무 공자 왈 맹자 왈 했나? 하긴 엄마가 공자 78대손

이구나. 예전에 엄마가 보수적 유교 논객들에게 시달릴 때도 의연할 수 있었던 이유가 거기 있었지. 쳇, 지네들이 집안이 좋아봤자 나보다 더 좋으려고, 배짱이 생겼던 거지. 실제 '집안 집안' 하던 그들은 내가 정말 공자의 78대손인 걸 알고 헛기침을 해댔단다. 조상 덕을 본 건 그때가 처음이었던 거 같아.

고통이 없어야 한다는 게 더 고통스럽게 한다

사랑하는 위녕, 인생의 실제는 우리가 생각하는 것보다 더 고통스럽다. 엄마가 언제나 이야기하지만, 그리고 가끔 나 또한 나 자신에게 묻지만 우리의 인생이 행복해야 한다고 누가 우리에게 이야기해주었을까? 고통이 있어서는 안 된다고 누가 이야기해주었을까? 엄마가 다시 말하지만 정말 고통 없이 평생을 산 사람 한 명만 꼽아보려무나. 엄마 생각에 한반도에서 최근에 그런 사람을 찾으려면 아마 김일성 정도? 박정희도 김정일도 나름 힘들었을 거 같아. 그런 김일성도 서른 살 이전에는 고생을 바가지로 했단다.

한 사람도 고통받지 않은 사람은 없다. 고통이 고통스러운 게 아니라 어쩌면 우리 인생에 고통이 있어서는 안 된다는 그 이미지, 그 표상이 우리를 더 고통스럽게 하는지도 몰라. 엄마는 그걸 깨닫고 나서 많이 편안해졌다. 지금도 나는 미열이 나고 허리가 아프면서 목이 따가워. 아마 며칠 무리했더니 감기 몸살이 오는 듯도 하다. 그러나 내게는 아스피린도 있고, 내게는 따스한 잠자리도 있다. 내게는 이 모든 것이 지나갈 거라는 지혜도 있고, 내게는 이 아픔이 결코 있어서는 안 된다는 어리석음이 없다. 그러니 이 밤 엄마는 참으로 행복하단다. 이 행복을 너에게도 전하고 싶다. 그렇지? 위녕! 자, 오늘도 좋은 밤!

• 스물네 번째 레시피 •

슬픔에 휘둘려
삶의 한 자락을 잊어버리면 안 돼

따스하고 보드라운
프렌치토스트

엄마는 스무 살 무렵 우연히 광주 학살에 대한 다큐멘터리를 보게 되었단다. 우리나라에서는 금기로 되어 있던 광주 학살에 대한 외신들의 다큐멘터리였지. 국내에서는 입만 뻥긋해도 처벌받던 그 사안에 대해 외국에서는 이렇게 대놓고 다큐멘터리까지 제작했다는 충격은 그 화면 속에 들어 있는 잔혹함에 비하면 아무것도 아니었단다. 그래, 그걸 보던 그때도 4월 어느 날이었던 것 같아.

선배의 어두컴컴한 방에 모여 그것을 보고 나서 우리는 길거리로 나왔다. 4월의 노란 햇살이 아스팔트에서 튀어 올라 눈이 부셨던 것 같은데 내게는 세상이 두렵도록 컴컴하게 느껴졌어. 나는 그때 얼어붙은 듯했단다. 내 인생이 다큐멘터리를 보기 전과 본 이후로 나누어지고, 이제 나는 다시 그 사실을 알기 전으로 돌아갈 수 없다는 걸 깨달았던 거야. 오랜 시간이 지난 뒤 인터뷰 때 가끔 "당신의 인생에 가장 큰 영향을 준 사건이 무엇이었느냐"는 질문을 받으면 나는 이 이야기를 하곤 해.

"네, 광주항쟁입니다. 스무 살 때 그 사실을 접하고, 나는 내 인생이 영원히 돌이켜질 수 없다는 것을 알았습니다."

이해할 수 없는 몇 가지 우연과 기연

지난해 부활절을 앞둔 성목요일. 엄마는 다른 해처럼 수도원에서 부활절 전의 성삼일을 지내려고 수도원으로 떠날 준비를 하고 있었다. 엄마 후배가 함께 가겠다 해서 집으로 오라고 해놓고 후배와 함께 먹고 떠나려고 간단한 파스타를 준비하고 있었단다. 잠시 인터넷 검색을 하는데 세월호 이야기가 나왔어. 배가 좌초되었다는 것, 구명조끼를 입고 있어서 전원 구조되었다는 것. 비행기도 아니고 배가, 요즘 세상에 그렇지 뭐 싶어 잘되었다 생각하고 잠시 기도한 뒤에 엄마는 수도원으로 떠났단다.

거기서 나는 인터넷 검색도 하지 않았고 뉴스도 보지 않았지. 그런데 어떤 스산한 공기가 느껴졌어. 인터넷을 보지 않아도 아주 간략하게, 다 구조되지 않았다는 것, 아이들이 죽었을지도 모른다는 것 등등의 이야기가 들려왔던 걸로는 설명할 수 없는, 나라 전체가 싸늘하게 식어가는 서늘함 같은 것을 느꼈단다. 그렇게 기쁘지 않은 부활절은 처음이었지.

그 서늘하고 기쁘지 않은 부활절을 보내고 엄마는 서둘러 영국으로 떠났단다. 행사가 둘이나 있어 거의 한 달을 머물러야 했지. 간간이 인터넷 검색을 하면서 있을 수 없고 있어서도 안 되고 상상도 해서는 안 되는 일이 우리에게 일어났다는 걸 알게 되었단다. 어느 날 나도 모르게 이런 글을 SNS에 올리고 말았단다.

"아이들을 왜 구조하지 않았느냐고 묻는 것보다, 그날 처음부터 죽일 작정이었다는 게 더 맞을 정도로 이상한 일이 연속되었군요."

이 말을 쓸 때 추호도 뒤편에 내 마음은 실려 있지 않았다. 너무도 이상한 우연의 남발이 작가로서 보자면 마치 거꾸로 작가가 꾸민 듯 일어났다는 안타까움의 표현 정도 되었다고 할까.

물론 나는 아직도 모른다. 실제로 살아보니까 정말 불행한 일, 정말 뛸 듯이 기쁜 일에는 우리가 이해할 수 없는 몇 가지의 우연과 기연이 덮쳐온다. 이건 인정해야 해. 그걸 보고 인간은 가끔 불가항력이라고 하지. 그러나 그런 일이 일어나 인간의 필연을 받아들이는 것과 그것이 무엇이었고 어째서 이런 일이 일어났는지를 밝히는 일은 다르다. 공식적으로는 아무것도 밝혀지지 않고 계속 무성한 의혹과 뒷말이 난무하는 것을 보고 나는 무심코 광주항쟁을 떠올렸다. 이상하게도 모든 것이 참으로 비슷한 인상으로 내게 다가왔어. 다시 한 번 오십이 넘은 내가, 이제, 내 인생은 세월호 이전과 이후로, 나뉠 거라고, 생각하기 싫지만 어쩔 수 없이 느껴버린 것까지, 그랬어…… 그래, 그랬다.

자고 나면 한 가지 의혹이 또 독버섯처럼 솟아 있더구나. 대체 언론들은 무엇을 보도하는 것인지, 정부는 이 사건을 어떻게 생각하는지 알 수 없었다. 그 무렵 엄마는 너도 아는 큰 시련을 겪는다. 엄

마가 키우던 두 강아지 여름이와 겨울이를 잃어버린 것이지. 인간이 개를 잃어버렸을 때 할 수 있는 모든 일을 하고, 인간이 사랑하는 개를 잃어버렸을 때 겪을 수 있는 모든 것을 겪고, 거기에 곁들여 조금 더 애썼고 조금 더 많은 슬픔을 겪어냈다. 울면서, 미칠 것 같으면서, 그러나 세월호 부모들을 떠올렸기에 나는 미치지 않을 수 있었던 것 같다. 겨우 2년을, 그것도 개를 키운 나도 그것을 잃어버리고 일상이 마비될 정도로 슬픔에 압도당할 것 같은데 자식을 잃어버린 그분들은…… 아, 나는 감히 어떤 한 글자도 쓸 수가 없었다.

삶의 한 자락을 잊어버리면 안 돼

오랜 기간 지녀온 신앙의 힘을 목발처럼 의지하며 나는 겨우겨우 버티고 있었다. 그때 한 가지 생각했던 것은 슬픔은 죄가 아니지만 내가 그 슬픔에 휘둘려 이 삶의 한 자락을 잊어버려서는 안 된다는 각성 같은 것이었어. 거대한 파도에 휩쓸려가며, 정신을 잃어서는 안 돼, 하고 다짐하는 조난자 같은 심정이라고 할까. 그 뒤로도 나는 세월호 부모님들의 눈물을 바라보며 그들과 함께 울어주는 일 외에는 아직 아무 일도 할 수가 없다.

이번에는 부활절 이후가 그 이전 고난의 사순절보다 두려웠다.

왜냐하면 4월 16일이 다가오니까. 그러고는 10여 년 만에 지독한 감기를 앓게 되었단다.

앓으면서 다시 생각했다. 나는 예전엔 아파서 누워 있는 사람들이 많은 기도를 하고 가끔 시도 쓰고 하는 것을 보면서 어이없게도 이런 생각을 했던 거 같아.

"누워 있는데 기도도 많이 하고 책도 보고 가끔 뭣도 하겠지, 뭐."

그런데 아파 누워 있으면서 짧은 기도조차 하지 못했다. 왜냐고? 아팠기 때문이야. 이건 너무도 단순하며 너무도 절절한 이유이더구나. 누군가 고통은 결국 집중의 문제라고 했던 것도 떠올랐다. 오죽하면 고통에 '사로잡힌다'는 표현까지 있겠니? 여름이와 겨울이를 잃고 정신 줄을 놓지 말자, 고 다짐했던 나는 이깟이라고밖에 표현할 수 없는 감기를 겪어내며 모든 것을 놓고 말았다. 아, 이것이 고통의 엄중함이라고나 할까. 고통은 이리도 힘이 세구나. 고통받는 사람들을 가벼이 여기던 나날이여 저주받으라.

몸은 아프고 약을 먹기 위해 무언가를 먹어야 했기에 예전에 너희가 어릴 때 엄마가 해주곤 하던 프렌치토스트를 만들었다. 토스트라는 단어가 있어 좀 딱딱한 거 같지만 그렇지 않단다.

우선 오래된(주로 냉동실에 넣어두었던) 식빵 두 조각, 달걀 하나, 우유 반 컵, 설탕 한두 숟가락, 소금 반 꼬집, 계핏가루(있으면 좋고 없으면 패스). 먼저 수프 접시같이 약간 오목하고 넓은 접시에 달걀 하나와 우유 반 컵을 넣고 포크로 저어 섞어내려무나. 여기에 설탕을 넣어. 한 숟가락을 넣으면 조금 담담한 맛이 되고 약간 달게 먹고 싶으면 두 숟가락을 넣으면 된단다.

엄마의 비법은 소금이야. 소금 반 꼬집 정도가 들어가면(아주 조금 더 넣어도 돼) 절묘한 맛이 된단다. 알지? 소금과 설탕의 그 상반됨이 서로를 더 강화해준다는 것을 말이야. 그러니까 프렌치토스트의 맛은 당연히 단맛인데, 여기에 짠맛이 겨우 느껴지는 정도가 이 맛의 포인트야. 이 둘은 아주 멋진 조화를 이룬단다. 이 묽은 액체에 딱딱한 식빵을 적셔라. 바로 적셔지지 않으니 여러 번 뒤집으면 돼, 조금 놓아둬도 좋고.

프라이팬을 약한 불에 올리고 버터를 두른다. 없으면 식용유도 상관없어. 잘 적셔진 빵 조각을 올려서 뒤집어본다. 빵 맛이 많이 나길 원하면 너무 많이 적시지 말고, 더 부드러운 걸 원하면 충분히 적셔라. 노릇하게 익으면 완성. 이 빵은 아주 부드러운 상태이므로 프라이팬 위에서 뒤집개로 빵을 대각선으로 잘라. 그리고 접시에 삼각형이 잘 보이도록 담는다. 그다음엔 계핏가루를 솔솔……

비가 오고 추운 날이나 부드럽고 따스한 게 먹고 싶은데 없는 날이 토스트는 아주 좋단다. 너희가 어릴 때 이유식으로도 엄마가 이걸 많이 해주었어. 죽도 아니고 빵도 아니고 그 중간 정도의 부드러움과 따스함.

한순간 한순간은 소중하기에

어제는 감기가 조금 나았나 싶어 꽃 시장엘 다녀왔단다. 엄마의
작은 정원에 심을 일년초들을 사러 갔지. 참 이상하지. 시간이 갈수
록 사람보다 동물이, 동물보다 식물이, 나무보다 꽃이 좋아. 그중에
서도 일년초들에 마음이 간다. 아마 엄마도 이제 나이가 들어가면서
이 지상을 떠날 준비를 해야 한다는 생각에서일까. 아니, 그것보다
이 세상에 내 것도 아닌 것에 붙박여 떨어질 줄 모르는 내 욕심을 놓
고 싶어서겠지.

시드는 꽃과 사라져버리는 양초 같은 것
들을 사랑한단다. 프렌치토스트 속의
설탕과 소금이, 그 충돌하는 요소
가 서로에게 해가 되는 것이 아니
라 서로의 강점을 상승시켜주듯
이 삶의 덧없음과 우리 모든 생
명과 삶의 소중함은, 얼핏 보아
서로 상치되어 보이는 이 두 요소

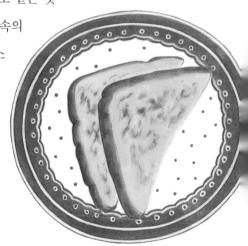

는 결코 충돌하지 않는다. 삶은 유한하고 덧없이 져버리는 것이기에 우리의 한순간 한순간은 그것이 나의 것이든 남의 것이든 아주 소중하다. 이걸 훼손하는 자에 대한 엄중함은 그러므로 아무리 강조해도 지나치지 않는 것이고 말이야.

위녕, 노란 리본을 달고 팔찌를 하고 깃발을 다는 것은 소중한 행동이다. 다른 이들의 슬픔에 가만히 격려의 깃발을 올리는 것은 결국 나를 위한 것이다. 지난번에 네가 물었지. 엄마, 사람들이 자기밖에 몰라, 남의 고통에 너무 무관심해, 하고. 위녕, 그런 일은 없어. 남의 고통에 무관심한 사람들은 실은 자기 자신에게도 무관심하다. 그들은 이기적이라기보다는 무감각하게 사는 거야. 사는지도 모르고 흘러 다니는 거란다. 만일 남의 고통에 잔인한 이들이 있다면 그들을 가엾이 여기렴. 그들은 아무도 없는 밤, 실은 자신의 영혼에게도 조소를 퍼붓고 있는 사람들이란다.

오늘 밤은 모든 슬픈 이들을 위해 우리의 마음을 포개자. 그들에게 이런 토스트라도 한 접시 대접할 수 있다면 더할 수 없이 좋고.

함부로 '미안하다' 하지 않기 위해

속이 답답할 때 먹는
오징엇국 혹은 찌개

미안하다
고맙다

나이가 드니 한번 든 감기가 잘 나가지 않는구나. 이것 또한 겸손해지라는 하늘의 요청이라는 생각을 하며 엄마는 겨우 버텼다. 내가 아프다, 아프다 하면서 병원에 안 가고 있으니 네 동생이 "어서 병원 가" 하고 엄마를 채근하더라고. 그래서 내가 못 간다고 했지. 왜냐하면 샤워할 힘이 없어서 말이야. 이런 이야기를 하니 네 동생이 "그게 무슨 소리야?" 하더라. 열일곱 살, 자기가 세상에서 모르는 게 없다고 생각하는 사내 녀석에게 무얼 어떻게 설명을 하겠니?

우스꽝스러운 위로의 시간

너도 알다시피 엄마가 길거리를 활보하거나 소줏집에서 친구들과 고래고래 수다를 떨어도 엄마를 알아보는 사람이 거의 없다. 내가 이걸 얼마나 자부심으로 삼고 있는지 너도 알지. 그런데 유독 내가 가진 증명서를 내미는 경우에는 이름을 들여다보다가 내 얼굴을 보고 "혹시……"로 시작하는 말들을 하곤 한단다. 뭐 공항이나 동사무소 같은 곳만 해도 큰 상관은 없는데 병원이나 법원, 부동산중개

소, 경찰서 이런 곳에서는 낭패를 본 적이 많단다.

이번만 해도 하도 감기가 떨어지지 않고 아파서 병원에 갔더니, 간호사가 대뜸 "어머 선생님, 반갑습니다" 하는 거야. 동네 병원이라 집에서 입던 차림 그대로 갔는데 부끄러워서 당황스러웠다. 게다가 감기 환자들이 쭉 앉아 있는 대합실에서 말이야. 의사 선생님이 인사를 하시기에 아유, 윗옷을 올리라 하고 청진기를 대면 어떻게 하나 걱정이 되더라고. 다행히 의사 선생님이 엄마 목만 한 번 보고 약을 주셨기에 망정이지.

그러고는 약국에 갔더니 약사 두 분이 앉아 있다가 "어머, 선생님 자주 좀 오세요. 저 팬이에요" 이러는 거야. 설마 나보고 자주 아프라는 소리는 아니겠지 싶어서 얼른 이 약 먹고 나아야지 결심했는데 그만 이놈의 감기가 낫지를 않는 거야. 그래서 그담에 약이 떨어져 병원에 갈 때는 샤워하고 머리를 드라이어로 웨이브까지 만들고 갔잖아. 그런데 다시 아프니 이번에는 샤워할 힘도 없고 머리를 드라이할 생각까지 하니 차라리 그냥 아프고 말자 싶어 누워 있다가 몸이 점점 더 아파와서 이젠 날도 저물고 큰 병원 응급실로 가게 되었단다.

끙끙 앓다가 갔으니 엄마 몰골이 어떻겠니? 그런데 이번에는 병원 응급실 접수실에 앉아 계신 분이 "아, 선생님 정말 반갑습니다" 하는 거야. 동네 병원보다 20배는 많은 사람들이 막 쳐다보는데 "이번에 기행서 내신 기 잘 읽었어요" 이러는 거야. 참으로 난감한 일이 었어.

　말이 나왔으니 말인데 우리나라 사람들이 언제 그렇게 책을 많이 읽는지. 아직도 잊지 못하는 거 두 가지. 하나는 《아주 가벼운 깃털 하나》 책에도 썼지만, 네 바로 밑의 동생을 수술로 낳고 (발가벗은 채로 홑이불 하나 덮고) 회복실에 누워 막 깨어났는데 간호사들이 몇 명 오더니 "선생님 그분 맞으시죠? 아악, 사인 좀 해주세요" 이러는 것도 모자라 "얘들아 맞대! 작가 공지영 맞대!" 막 이러던 악몽 같던 기억. 그때 간호사 여러분들이 우르르 몰려왔는데 그때의 광경을 상상해보렴. 그 병원은 지금도 그때도 한국에서 제일 규모가 큰 병원이란다.

　또 하나는 이혼하러 간 법원에서 담당 직원이 사인해달라고 한 기억. 그때 나는 많이 울고 있었는데 어이가 없다는 표정을 짓자 그 사람이 진지하게 "압니다, 선생님. 지금 그럴 경황이 아니시라는 거. 그런데 생각해보십시오. 제가 언제 또 선생님을 이렇게 가까이서 뵙겠습니까?" 이러는 거야. 울다가 생각해보니 그 사람 말이 일리가 있더라고. 사인을 해주고 나니 막 웃음이 나오더라. 그때 생각했지. 신께서 나를 위로해주시려고 이렇게 우스꽝스러운 일을 만드시는구나 하고.

　암튼 예전에 네가 피트니스 센터에 등록하고 운동하러 가면서

샤워하고 머리를 정성껏 드라이하는 걸 보고 내가 의아해했던 생각
이 나더라. 그때 네가 그랬지. "가는 길에 또 가서 멋있는 남자 만나
면 어떻게 해?" 하고 말이야. 이젠 그게 100퍼센트 이해돼!

앓고 난 다음을 위한 요리

얘기가 너무 길었나? 어쨌든 그렇게 2주를 앓고 나자 밥맛은 뚝
떨어지고 기운이 하나도 없더라고. 밥맛이 떨어지고 기운이 없으면
살이라도 쪽 빠지면 좀 좋아. 그런데 약 먹느라고 세끼를 꼬박꼬박
먹어야 해서 몸은 더 통통해지고 순환 안 되는 몸이 부어올라 살이
막 찌는 거야. 그래서 엄마는 오징어찌개를 끓였다. 지금은 많이 보
이지 않는데 예전에 '오징어섞어찌개'라는 이름을 가졌던 찌개야.

가끔 그 가격에 비해 놀라운 맛을 지닌 고마운 식품들이 있지.
내게는 표고버섯이 그렇고 오징어가 그래. 무엇으로도 흉내 낼 수
없는 독특한 맛을 지닌 이것들은 그 가치에 비해 가격이 아주 싸. 엄
마는 오징어를 아주 좋아해서 늘 냉동실에 두세 마리를 넣어둬. 배
고픈데 뭐 먹을 거 없나 싶을 때 그대로 데쳐서 초고추장에 찍어 먹
고, 채소들을 넣어 볶음을 해서 덮밥으로도 먹는단다. 오늘은 그중
에서 국물이 있는 것을 만들어보자.

5분 안에 할 수 있는 원칙을 지키는 것으로는 오징엇국이 있어. 준비물은 무외 오징어, 파, 다진 마늘, 고추장. 우선 무를 뭇국 끓이는 식으로 나박나박 썰어 한 줌(네 맘대로 해도 돼). 그리고 오징어 한 마리를 네가 먹고 싶은 대로 썰어. 냄비에 라면 2개 정도 끓일 물을 넣고(두 대접 정도) 썰어놓은 무를 넣고 고추장 반 숟가락을 넣어 끓이다가 물이 팔팔 끓을 때 여기에 오징어, 파, 다진 마늘(다진 마늘은 티스푼으로 수북이 하나 정도)을 적당히 넣으면 끝이야. 싱거우면 고추장을 더 풀지 말고 멸치액젓이나 천연 양념을 조금 넣으면 좋아. 한소끔 끓여서 바로 먹으면 돼. 의외로 시원한 이 국은 속이 거북하거나 느끼한 것을 많이 먹었을 때 아주 개운하단다. 술 마신 다음 날도 좋단다.

이제 찌개. 이건 조금 복잡하다는 생각이 들지 모르지만 아주 맛있어. 이것 하나면 따로 반찬이 필요 없을 정도니까.

우선 중요한 것은 오징어, 돼지고기 다진 것 한 줌, 생강가루나 생강 간 것 두 꼬집, 그리고 쑥갓이야. 이게 가장 중요한 재료. 이외에 파, 마늘, 양파, 무, 당근, 미나리, 애호박 등 있는 대로 넣으면 돼. 일종의 전골이라 생각해도 좋아.

넓적한 전골냄비에 오징어를 썰어 넣고 그 옆에 양파나 무, 돼지고기를 생강가루에 버무린 것을 놓아. 여기에 밥숟가락 하나 수북이 고추장을 넣고 네 마음대로 고춧가루를 뿌려. 밥숟가락 하나 정도.

단순하게 정리하면 '지금, 여기 그리고 나!'라고 할 수 있다.

오직 지금 여기만 존재하는 것이고

오직 내가 변하게 할 수 있는 것은 나 자신뿐이라는 것!

파 썬 것, 마늘 다진 것도 같이 넣어. 멸치와 다시마를 우린 물이나 없으면 물을 세 대접 정도 붓고 끓여. 한소끔 끓으면 간을 보아서 소금이나 액젓을 더하거나 물을 더 넣어라. 마지막으로 먹기 전에 쑥갓을 살짝 올려.

돼지고기와 생강, 오징어와 쑥갓이 뭐라 형언할 수 없는 미묘한 조화를 이뤄내는 이 음식은 밥에 비벼 먹어도 좋지만 칼국수를 넣거나 우동 면을 넣어 먹으면 환상이야. 칼국수나 우동 면은 삶아서 넣어야겠지. 칼칼한 것이 아주 입맛을 당긴단다. 정 힘들면 물이나 육수를 조금 더 붓고 라면을 넣어도 맛있어.

지금, 여기 그리고 나

그래, 우리 딸, 안 그래도 엄마가 지난번에 이야기하려고 했는데, 미안하다는 말과 고맙다는 말을 혼동하는 것에 대해 말이야. 잘 살펴보니까 흔히 여자들이 미안하다는 말을 참 많이 써. 엄마 역시 마찬가지였지. 이 말을 실은 고맙다는 말과 혼동해서도 쓰고. 고맙다는 말과 미안하다는 말을 혼동해서 쓰는 경우, 그 깊은 저변에는 "나는 이런 대접을 받을 자격이 없는 사람인데……"라는 심리가 깔려 있어.

엄마가 30대 초반 정신분석을 받으러 다닐 때 의사 선생님이 여기에 대해 미션을 하나 주셨단다. 택시를 타고 골목길로 접어들어야 할 때 절대로 "아저씨, 미안하지만 저 길로 좀 들어가주세요" 하는 말을 하지 말라고 말이야. 우습지 않니? 정신분석을 받으며 그런 연습을 하다니.

그다음 날 택시를 타고 여느 때처럼 집 앞으로 가는 골목에서 "아저씨, 저기요⋯⋯" 하는데 '미안하지만'이란 말을 하지 않으려는 내 몸에서 진땀이 흐르더구나. 인간이 무의식적으로 반복하던 일을 그만두는 것은 그리도 힘든 일이었어. 생각해보면 서른몇 살짜리 여자가 택시 기사에게 공손히 말하는 모양새이긴 했지만 그때 흐르는 진땀을 보고 나는 이것이 겸손이 아니라 내 무의식의 거대한 콤플렉스 중 하나라는 것을 깨달았단다. 그래서 이를 악물고 연습했어. 함부로 "미안하다"고 하지 않으려고.

그때 내 무의식과 의식의 접점 사이에서 무슨 일이 일어났는 줄 아니? 마치 내가 "미안한데요"라는 말을 붙이지 않으면 그분이 나를 때리거나(우습지? 말하자면 무의식이니까) 화를 버럭 내거나 할 거라는 공포가 있었던 거야. 지금 생각해보면 그 작은 것 하나를 고치는 데 이런 노력까지 해야 했단다. 언제나 그렇듯 무의식적으로 반복되는 모든 것은 그것을 실천하기 전까지 우리를 엄청 두렵게 만들지만 막상 하고 나면 사실 아무것도 아니야. 지금은 상황에 따라 더러 "미

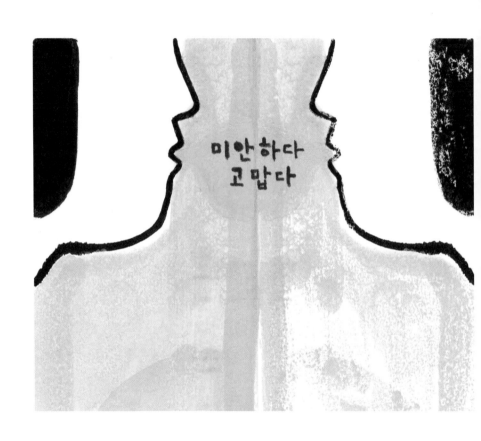

안한데요, 기사님 저 골목으로……" 말하기도 한단다. 달라진 점이 있다면 '무의식적으로' 쫓기느라 그러진 않는다는 거야.

엄마가 삶의 후반으로 접어든 젊은 날부터 세상에 좋은 모든 말씀과 책을 찾아 읽고 듣고 하고 이제야 느끼는 점을 단순하게 정리하면 '지금, 여기 그리고 나!'라고 할 수 있다. 오직 지금 여기만 존재하는 것이고 오직 내가 변하게 할 수 있는 것은 나 자신뿐이라는 것!

친구 땜에 속상하니? 괜히 미안하다고 했니? 괜찮아. 그러나 이 후회에서 배울 게 하나 있는데, 그건 네 미안함의 배후를 밝히는 것이란다. 미안하다는 말 대신 대입할 수 있는 단어를 열 가지쯤 생각해보는 것도 좋은 연습이야. 놀랐어? 그래 연습 없이 되는 것 없어, 정말이야. 가끔 그 연습이 실패해도 괜찮아. 그러니까 오늘은 답답한 속에 시원하고 매콤하며 칼칼한 오징엇국 혹은 찌개를 먹고 향긋한 차를 마시렴.

엄마는 비 오는 저녁에는 향기가 좋은 초도 몇 개 꼭 밝힌단다. 그래그래, 그렇게 하루를 보내고 나면 내일은 새날이야. 너도 새 사람이고 친구도 다시 새 친구이다.

오늘 밤에는 엄마가 시 한 편을 보낼게. 고은 시인의 〈부활〉. 오징어가 어떻게 표현되는지 보려무나. 엄마는 오징어만 생각하면 이 시를 떠올려. 자유와 관능과 슬기의…… 와우 시인이란 역시 멋진 사람들. 그래그래, 오늘도 좋은 밤!

동해東海 창망蒼茫하라. 하늘과 땅 그리고 사람들은 짐자라.

우리 동해東海 기슭의 몇 군데에

서로 부서지면서 모인 게껍질들아

지난 밤에는 흰 구름의 울음을 울더니

오늘 아침 해돋이 붉은 햇빛으로

저마다 뼈 속의 살과

두어 개의 눈을 얻어서,

모든 외로운 거품을 보내고

동해東海 기슭을 일제히 기어 나가라.

게들아 게들아 기어 나가라.

그리하여 동해東海 깊은 바다 밑바닥에 들어가서

가장 무거운 암초暗礁들을 물어 뜯어라.

또한 그리하여 아픈 바다는

빛나는 아픔의 물결, 진노震怒하는 물결과

서로 조각조각 사랑하는 물결로 물결쳐라.

하늘과 땅 그리고 사람들도 깨어나서

모든 뼈에 살이 쌓이고

떠난 넋들아 몸에 돌아오라.

가을에 어린 것들과 늙은 것이 돌아가듯이 돌아오라.

동해東海 기슭 삼척三陟 주문진注文津 낙산사洛山寺에 널린 오징어들아

다시 눈부신 물오징어로 헤엄쳐서

너희들의 자유와 슬기의 관능으로

울릉도鬱陵島 독도獨島 근해近海 해조음海潮音의 햇빛을 받아라.

이 나라의 죽은 것들아

죽어서 집 없는 무주고혼無主孤魂들아

저마다 가엾게 살아나서

동해東海 기슭을 달밤의 모래알들로 사랑하고

너희들은 백의민족白衣民族 인산인해人山人海의 춤으로 춤추어라.

동해東海 창망蒼茫하라. 북과 쇠북아 울어라.

나를 알고자 하지 않았던 대가

가끔 누가 있었으면 할 때는
싱싱김밥

돌이켜보면 그때도 나는 이미 늦었다고 생각했었어. 서른두 살 나는 세상에 태어나 처음으로 인생 전체에 관심을 가지게 되었고 내 삶이 왜 이렇게 이상하게 흘러가는지 알고자 했단다. 그때는 늘 소금 가마니를 깔고 자는 것처럼 온 존재가 쓰라렸고 슬펐다. 서른 즈음에 말이야.

나중에 알게 되었는데 나 스스로가 누군지, 전혀 알려고 하지 않았던 대가를 톡톡히 치렀다는 생각이 들어. 문득 네 나이를 헤아리다가 이제 너와도 이런 이야기를 할 때가 되었다는 것을 깨닫게 되었다고나 할까.

그래, 그때 나는 내가 분명히 나 자신의 바람을 알고 있었다고 생각했었다. 인감도장을 찍고 보증이라도 설 수 있었을지도 몰라. 그건 이런 거였어. 좋은 남자를 만나는 것, 행복한 가정을 이루는 것, 소설가가 되는 것, 아이를 낳고 예쁘게 키우는 것, 나의 일을 하면서 가정도 잘 돌보는 것, 남편하고 알콩달콩하게 늘 대화를 나누면서 책을 읽고 공부도 하는 것, 될 수 있으면 외식을 하지 않고 유기농 재료를 사다가 내 손으로 나와 내 가족의 먹거리를 만들어 먹는 것.

잠 못 이루는 밤, 골 때리는 고독

아무리 돌이켜보아도 이게 잘못됐다는 생각을 하지는 않는다. 다만, 나는 너무도 상투적으로 생각했던 거야. 무엇보다 나 자신을 몰랐던 거지. 스스로 그토록 상투적이지 않으려고 노력하면서 그냥 세상 사람들이 말하는 (여자의?) 행복에 나를 맞추려고 했던 거야. 어쩌면 이게 제일 큰 잘못이었다.

생각해봤는데 나는 결혼에 적합한 사람이 아니야, 그러니까 아내와 엄마가 의미하는 그것들에 적합하게 태어난 사람이 아니야. 나는 내가 여자라는 이유만으로 오로지 (존경할 수 없는) 남자의 말을 다 존중하고 순종하(는 척이라도 하)며 나를 뒷전에 둔 채로 (더구나 젊은 그날에) 아이들을 위해 집 안에 머무르는 것을 좋아하는, 날마다 같은 그릇에 반찬을 차리고 닦고 그릇장에 넣고, 다음 날 같은 그릇을 또 꺼내 반찬을 담고 또 닦고 그릇장에 넣고, 이런 무한 반복에서 생의 의미를 찾는 종류의 여자가 아니었단 말이지. 나는 이런 것들을 잘 해내지 못했을 때 내게서 일어나는 죄책감도 너무 싫었어.

이런 성향을 지니고 있으면서도 나는 그냥 나 자신과 내 희망 사이의 괴리에 대해 성찰해보지 않은 채, 남들이 다 좋다는 결혼을 했던 거야. 당연하게도 행운도 따라주지 않았고 그래서 엄마는 혼자가 되었단다. 나이가 들면서 느끼는 것은 혼자라는 게 참 좋다, 라는 거야. 너 그런 거 아니? 혼자 외로운 것이 둘이 외로운 것보다 훨씬 덜 외롭다는 것을.

만일 외롭기 때문에 네가 결혼을 생각한다면, 그건 엄마가 말리고 싶단다. 한침대에 누워 꼭 껴안고 잠들지라도 인간은 결코 고독을 벗어나지는 못한단다. 한평생 한침대에 누워 꼭 껴안고 자는 날들이 며칠이나 되겠니? 함께 누워 잠 못 이루는 밤, 코를 고는 그의 등을 느낄 때 내게 다가오는 고독은 저번에도 엄마가 말했지만 "골 때리는" 종류의 고독이란다.

네가 만일 누군가에게 반찬을 해주고 옷을 다려주고, 말하자면 '엄마 놀이'를 좋아해서 결혼하고 싶어 하고 말한다 해도, 나는 그것 때문이라면 결혼을 말리고 싶다. 여자에게 결혼이란, 이 모든 것을 날마다 몸이 아프거나 병들었거나 슬프거나 노엽거나 죽을 것 같아도 해야 하며 그렇게 해주어도 칭찬이나 대가를 받기가 힘든 노동이란다. 아니 험담이나 듣지 않으면 사실 성공이라고 할 수 있지. 엄마는 결혼 생활 동안 마치 '누가 뒤에서 총이라도 겨누는 것처럼' 이 모든 것들을 죽도록 하고 비난을 받아왔어. 그때는 참으로 펄쩍펄쩍 뛸 거 같더라고. 솔직히 지금은 내가 왜 그때 더 열심히 음식을 하고 집안을 꾸미지 않았나, 후회를 하는 게 아니라, "대체 뭐한다고 그렇게 죽자고 음식을 만들고 집을 꾸몄나" 이런 후회가 든다니까.

너도 알다시피 엄마는 한 달에 한 번 사형수들과 만나는 자리에 크게 요리를 해 갈 수도 없어서 간단히 커피를 끓이고 샌드위치를 만드는데 그 일을 13년째 하고 있어. 사람들이 나를 얼마나 칭찬하는지. 어쩌면 표창장을 줄지도 몰라. 시어머니 모시고 시댁 식구들 다 밥해줘가면서, 아이들 키우고 틈틈이 돈까지 벌어가며 30년 결혼 생활을 한 여자에게는 글쎄, 시어머니가 치매이거나 10년 정도 자리에 누웠다면 칭찬은 받을 수 있겠지 아마도. 그래 이게 현실이다, 위넝.

가끔은 같이 해 먹는 요리

그런데 가끔 누가 있었으면 할 때가 있다. 바로 싱싱김밥을 만들어 먹고 싶을 때야. 누구를 부르기도 너무 거창한 것 같은데(동네에 누가 있으면 좋은데 요즘은 너도 알다시피 모두와 평균 1시간 거리에 떨어져 살고 있으니 말이야) 혼자 먹기에는 너무 부담스러운, 내가 정말 좋아하는 이 요리. 싱싱김밥은 엄마가 지은 이름이고 원래는 LA김밥이라고 하더라고. 아무튼 나는 그 이름이 싫어 이렇게 부른다. 일반 김밥과 달리 기름을 거의 치지 않아 담백하니까 말이야.

우선 재료는 달걀부침, 소시지, 단무지, 불고기, 김치무침(엄마가 전에 김치비빔국수 만들 때 말했었지. 김치를 꼭 짜서 간장·설탕·참기름·깨 등을 넣고 조물조물 무친 것) 등등. 김밥에 들어가는 것을 다 넣

너와 함께 있으면 나 자신이 정말 자랑스러워

이 요리의 특징은 덥지 않다는 거야.

요리를 만드는 사람도 먹는 사람도 시원해.

손님이 오거나 친구들이 왔을 때 수다를 떨어가며 마련하는 사람이

그리 힘들지 않아도 좋으니 좋은 음식이야.

아이들도 조용하단다. 열심히 김밥 마느라고 말이야.

을 수 있단다. 그런데 엄마가 좋아하는 것은 조금 색다른 것이야. 먼저 참치를 위주로 한 김밥에서 우선 중요한 재료는 싱싱한 깻잎. 당연히 살짝 구워 2분의 1로 자른 김밥용 김. 참치 횟감과 무순이나 오이 채 썬 것.

넓고 예쁜 접시에 씻어서 물기를 뺀 깻잎을 올리고 그 곁에 무순이나 오이 채 썬 것을 놓고 그 옆에 적당히 썬 참치 횟감을 놓는다. 이게 다야. 여기에 종지에 고추냉이나 겨자를 좀 넣고 간장을 살짝 부으면 돼. 밥은 고슬고슬하게 지어서 뜨거울 때 참기름과 소금 아주 약간 (넣는 둥 마는 둥하게) 넣고 비벼놓아.

큰 접시를 상 가운데 놓고 각자 나눔 접시를 놓으면 돼. 먼저 김을 접시에 펴고 그 위에 깻잎을 올리고 그 위에 밥을 놓고 참치와 무순 혹은 오이를 얹고 고추냉이나 겨자 간장을 티스푼으로 솔솔 뿌린 뒤 돌돌 말아 먹으면 된다. 음 초밥도 아니고 김밥도 아닌 것이 정말 담백하고 맛있어. 여기에 김치무침을 곁들여도 좋아. 김치무침을 그냥 깻잎에 오이나 무순과 같이 올려 돌돌 말아 먹으면 일류 일식집 마키가 부럽지 않지. 연어가 있으면 날치 알을 곁들여도 아주 고급스럽고. 연어 회도 좋아. 된장국이 있으면 완벽!

이게 심심하거나 아이들이 있을 때는 조금 다른 응용을 할 수 있다. 달걀지단을 부쳐. 어렵지 않아. 흰자와 노른자를 나누지 말고 포크로 휘휘 저어서 프라이팬에 넣고 익으면 먹기 좋게 길쭉하니 자르

면 돼. 자기가 좋아하는 종류의 소시지를 아주 큼직하게 잘라, 엄마
는 스팸이나 수도원에서 만든 독일식 부어스트를 쓴단다.

스팸은 프라이팬에 익히고 단무지는 길게 썬다. 여기에서 엄마
가 강조하는 것은 아보카도. 아보카도는 '숲속의 버터'라고 불리는
과일이야. 사서 하루 정도 지나면 말캉해진단다. 그때가 제일 맛있
는데, 그때 이걸 잘라 함께 접시에 곁들여.

먹는 방법은 같아. 접시에 김을 펴고 깻잎을 올리고 달걀, 소시
지, 단무지를 놓고(네 동생들은 여기에 회도 넣고 오이도 넣고 막 섞어서
맛있다고 하던데 엄마는 그냥 이건 이것대로 먹는 걸 좋아하지) 아보카도
를 놓고 겨자 넣은 간장을 솔솔 뿌린 뒤 돌돌 말아 먹으면, 아보카도
의 부드러운 맛이 스팸이나 소시지의 식감과 입 안에서 부드럽게 어
우러지면서 여기에 달걀의 고소함과 단무지의 상큼함이 뒷맛으로
남는단다. 이 글을 쓰는데 벌써 배가 고프구나.

이 요리의 특징은 덥지 않다는 거야. 요리를 만드는 사람도 먹는
사람도 시원해. (기름에 볶거나 익히는 게 적어서 그런 듯해.) 손님이 오
거나 친구들이 왔을 때 수다를 떨어가며 마련하는 사람이 그리 힘들
지 않아도 좋으니 좋은 음식이야. 아이들도 조용하단다. 열심히 김
밥 마느라고 말이야.

그러면 위녕, "김밥 먹고 싶으면 결혼해?" 하고 너는 묻겠지.

너는 어리석었고 덜렁대는 엄마보다 현명하고 차분하니까 언제든 현명한 결정을 할 거라고 믿는다만, 결혼은 그러니까, 지금 혼자 있는 게 너무 좋은데 이 사람하고라면 그 좋음도 양보할 수 있을 거 같다, 이럴 때 하는 거야. 이 사람이 너무 좋아서 이 사람하고 연관된 모든 사람이 엄청 이상할 뿐만 아니라 나를 싫어하고 가끔 (듣기에 따라) 모욕하고 명령하고 이래도 이 사람이 하도 좋아 그쯤은 참을 수 있겠다, 이럴 때.

지금 나는 나 자신을 사랑하기 위해 노력하고 있지만 이 사람하고 함께 있으면 나 자신이 정말 자랑스러울 거 같다, 모든 사람이 만일 이 사람의 진가를 나만큼만 안다면 나를 부러워할 것이다, 이런 생각이 들 때 하렴. 이 사람하고 만나 일찍 헤어질 수도 있다 해도, (그것이 이혼이든 사별이든 혹은 어떤 일이든) 나는 함께 산 나날만큼 엄청 행복해질 것 같다, 이럴 때.

뜻밖에도 세상에는 이런 사람들이 있다. 위녕, 나는 그런 사람들만큼 나를 부럽게 하는 사람은 본 적이 없는 것 같아. 엄마가 예전에도 이야기했지만 한 농부가 한 말을 다시 인용하마.

"저는 스물세 살 때 여행을 하다가 첫눈에 반한 여자를 만났습니다. 저는 그녀와 결혼했죠. 1년 후 그녀는 죽었습니다. 저는 아직도 그녀와 산 1년 때문에 행복합니다."

　이렇게 소심하고 쫀쫀하고 치사찬란한 인생에서 이런 꿈도 한번 꾸자. 내가 그런 사람을 발견할 수 없다면 남에게 그런 사람이라도 되어주자. 설사 현실은 늘 다른 사람들이 하는 대로 쫓기고 쫓겨 우리가 누구인지 도무지 생각할 수 없는 채로 흘러가버린다 해도, 인생의 어느 한 시기, 이런 꿈을 꾸지 않는다면 우리 인생은 조금은 서글프지 않을까.

• 스물일곱 번째 레시피 •

세상 모든 사람이 나보다 낫다

몸을 비우기 위해 먹는

된장차

엄마는 짧은 여행에서 돌아왔다. 여행이 대개 그렇듯이 그야말로 삼시 세끼를 다 먹고 보냈지. 언제나처럼 돌아오는 길에는 몸이 부었고 살도 약간 올라 있었단다. 여기까지는 그렇다 쳐도 돌아와보니 집안일은 산더미 그리고 여기서 내가 해결하지 못하고 떠났던 일들은 당연하게도 아직도 해결되지 않은 채로 나를 기다리고 있었다. 게다가 밀린 빨래에 먼지가 더 내려앉은 집 안까지.

언제나 역경이 닥치면 엄마는 잠시 생각해보곤 하지. 이게 내 힘으로 해결하거나 피할 수 있는 일일까? 내 힘으로 해결되거나 피하거나 할 수 있다면 문제는 간단해. 그렇게 노력하면 되지. 그러나 대개는 내 힘으로 해결하기 어려운 일들이 많이 일어난단다.

이런 경우 내가 쓸 수 있는 힘의 방향을 내면으로 향해야 한단다. 이럴 때 대개 문제는 마음에 있곤 하니까. 엄마의 이번 경우가 그랬어. 감기 뒤끝이라 몸은 약해져 있고 긴 비행으로 피곤하고 이 모든 것들이 싫어지고 짜증이 나기 시작하는 거야. 아, 도우미가 있다면 얼마나 좋을까 싶었지. 그러나 현실은…… 싫지만 현실은 현실이지 말이야.

채우는 것보다 비우는 게 힘들다

　나는 이럴 때면 나를 비우려고 노력한단다. 마음을 비우면 가장 좋겠지. 그러나 생각보다 마음은 우리 맘대로 되지 않아. 엄마는 이럴 때 몸을 비운다. 가장 좋은 방법은 절식 혹은 단식이야.

　엄마의 방법은 완전히 아무것도 먹지 않는 대신 된장차를 끓여 마시는 것. 좋은 된장을 엷게 풀어 차처럼 그냥 마시는 거야. 일체 다른 고형의 음식을 먹지 않고. 만일 하루 종일 그러는 게 힘들다면 한나절만이라도 말이야. 여기서 조금 더 노력을 들인다면 다시마와 멸치 혹은 야채를 우려낸 물에 된장을 풀어 국처럼 끓인 다음 그걸 마시는 거지. 엄마가 돌아와보니 시골의 친구가 쑥을 캐서 보냈더구나. 엄마는 오늘 커다란 냄비에 그것도 넣었어. 쑥 향이 된장과 어우러져 향기로웠다.

　언제나 채우는 것보다 비우는 게 힘들다. 올라가는 것보다 내려오는 게 힘들고, 잘 사는 것만큼 잘 죽기가 힘든 것이다. 그러나 비워야 잘 내려오고, 잘 죽는 것을 목표로 삼아야 우리의 누추한 삶은 초라해지지 않을 수 있단다.

　엄마를 바꾸어놓은 인생의 몇 가지

말들이 있단다. 아니 몇 가지가 아니구나, 실은 수십 가지. 아마도 엄마는 그 많은 것들을 네게 거의 다 이야기해준 것 같아. 문득 이번 여행에서 함께 간 네 또래의 젊은 여성이 묻더구나, 삶을 바꾸어놓은 몇 가지 말에 대해서 말이야.

엄마가 앞에서 이야기했지만, "물어보라"라는 말도 엄마의 삶을 많이 바꾸어놓았지. 또 하나가 있단다. 그건 바로 이거야.

"어느 하루 이 세상 전체가 당신보다 똑똑하다 생각하고 살아보아라."

엄마 같은 사람은 성질도 급하고, 사실 머리도 이느 정도 좋게 태어났다. 그리하여 맨 처음 이런 충고를 들었을 때 이게 무슨 말인지 잘 몰랐지. 난 언제나 나보다 남을 낮게 여기려고 살며 남의 험담도 거의 하지 않는데(물론 아주라고 할 수 없지만 거의 하지 않는 사람인데 뭐 이런 생각 말이야. 아아, 나는 나 자신에 대해 대체 아는 게 뭘까?), 어느 순간 버스를 타고 가다가 이 말이 떠올랐어. 운전사가 마구 브레이크를 밟아대서 막 멀미가 날 것 같은 그런 순간이었을 거야.

나는 나도 모르게 "저 운전사 운전을 왜 저따위로 하는 거지?" 이런 생각을 하고 있더라구. 만일 이 충고가 아니었다면 그런 생각을 하는 자신을 의식하지도 못했겠지. 그래서 나는 "저 사람이 너보다 훨씬 더 잘 알고 더 현명하다"라고 생각해보려 노력했어. 내가 저 자리에 있었다면 이 조건에서 저것보다 훨씬 더 운전을 거칠게 했을 거라 생각하려고 노력했다.

그런 생각으로 딱 하루만 지내보자

내가 책에서 본 대로 그런 생각으로 딱 하루만 지나보자고 노력했지, 그날 하루가 얼마나 길고 어려웠는지 아니? 저녁이 되자 먹은 걸 토할 거 같고 '승질이' 올라오고 식은땀이 나올 거 같더라구. 그러면서 깨달았지. 내가 그동안 하루 종일 얼마나 다른 사람들을 '업수이' 여기며 살았는지. 그건 이런 거였어.

"저 운전사는 왜 저렇게 브레이크를 꽉꽉 밟지?"

"저 아저씨 기름진 음식을 먹고는 바로 아이스크림을?"

"저 사람은 어제도 술을 먹었나 봐. 간이 2개인가 보지?"

"저 여자는 어떻게 저 스커트에 저런 스타킹을 신었을까? 색이 너무 안 맞아."

"우리 엄마 또 아프다고 하는군. 대체 왜 저렇게 엄살을 피우시는 걸까?"

"남편이 또 늦어. 분명히 또 어디서 술 퍼먹고 있는 걸 거야."

뭐 이런 거. 게다가 집에 돌아와 아이들까지 나보다 낫다 생각하려니 몸살이 나려고 할 지경이었단다. 특히 어린 너희들이 무얼 하려고 할 때 "에구 이리 내놔, 엄마가 해줄게"라는 말을 하시 않기가 얼마나 힘들었는지.

이 하루가 엄마의 인생을 아주 많이 바꾸어놓았단다. 실제로 "저 사람이 나보다 낫다"라고 생각하자 일은 내 생각보다는 조금 느리긴 하지만 의외로 매끄럽게 풀려나갔어. 예전에는 내가 무언가 해야 될 것 같아 마음이 초조하던 것이 이제는 가만히 있어도 되는 것으로 바뀌었던 거야. 남을 존중하는 마음이 생기는 것은 물론이고 내가 평화를 얻게 되는 이상한 기적 같은 걸 맛본 거야. 신기하지?

가장 중요했던 것은 내가 침묵하게 되었다는 거야. 더 정확히는 내 마음이 말이야. 마음의 침묵이 실은 평화와 자유에 이르는 길임을 이제 아는데, 이건 참으로 어려워. 예전에 어떤 책에서 이런 구절을 읽게 되었단다.

어느 날 아침 책의 저자는 전철에서 미친 여자를 발견하게 된다. 그 여자는 혼자서 중얼거리고 있었지, "어머 기차가 서네. 어머 저 여자는 빨간 옷을 입었구나. 저 남자는 왜 저러고 서 있을까, 자리가 났는데……." 여자의 말은 미친 사람이 늘 그렇듯 두서없고 논리 없고 연관 없고 무엇보다 끝없이 이어지고 있었단다. 전철에서 내려 대학원 사무실로 가던 그는 느닷없이 깨닫게 된단다. 그녀가 자기라는 것을. 그러니까 그녀의 내면에서 일어나는 무수한 그 중얼거림이 실은 자기에게도 계속되고 있었음을 말이야. 그녀와 우리 보통 사람의 차이점은 그것을 입 밖에 내느냐 그렇지 않느냐뿐이라는 것을 말이야.

이 통찰은 엄마에게도 충격적이었단다. 가끔 내 자신의 내면에서 이런 중얼거림들이 끝없이 이어지는 것을 보고 소스라칠 때가 많아. 그래서 엄마는 어느 날부터인가 명상을 하기 시작했단다. 엄마가 믿는 가톨릭에서도 이런 침묵을 중요하게 여긴단다. 침묵. 완전한 침묵.

이 침묵을 수월하고 매끄럽게 이어가주는 것이 바로 이 "남을 나보다 낫게 여기기"였어, 쓸데없이 개입하는 것을 멈추는 순간 침묵이 수월해지고, 침묵은 우리를 자유롭게 한다. 상황과 남의 공격에 휘둘리지 않는 힘은 오직 침묵으로만 길러질 수 있단다.

나는 겸손하라는 성인들의 말씀을 들을 때마다 "음, 그래 좋은 말씀이야. 암 좋은 말씀이겠지 뭐" 이렇게 생각했어. 그러나 바로 나보다 남을 낮게 여기는 것을 겸손이라고 할 때 이것이 침묵으로 이어지고, 이것이 하루 종일 세상으로부터 내게로 가해져오는 온갖 감정의 휘둘림을 막아주며, 그리하여 우리를 자유로 이끌어준다는 것을 깨달은 후 전율했단다.

삶의 모든 것을 받아들이면

위녕, 그런데 신기하게도 이 "나보다 남을 낫게 여김"은 진실로 진실로 자기 자신에 대해 자부심을 가지고 있지 않고서는 실행하기가 아주 어려워. 진실로 자기 자신에 대해 자부심을 가지려면 평소에 자신을 잘 대하고 사랑하며 존중하고 있어야 해. 엄마의 이야기는 그리하여 다시 원점으로 돌아간다. 무엇보다 "너 자신을, 바로 이 순간을, 네가 있는 이곳을!" 소중히 여기지 않으면 안 된다고 말이야.

위녕, 엄마가 말해준 먹거리는 네 "영혼의 집"인 육체의 원소야. 집을 사랑하는 사람이 집 안에 독극물이나 해로운 것을 들이지 않듯이 네 영혼의 집인 육체에도 좋은 것만을 주어야 한다. 사실 어쩔 수 없이 해로운 것을 먹을 때에는 그것이 없을 때를 생각하며 감사해야 한다. 이것이 엄마가 네게 주고 싶은 모든 것이야. 지금, 여기, 너 자신 그리고 사랑하며 감사하기.

엄마는 죽을 때까지 깨닫고 싶다. 이제는 그래서(엄마의 이런 공부는 이제 20년째 들어서고 있다 이제야 약간! 감이 오는구나) 고통 속에서도 살짝 변화를 가져오는 약효를 미리 발견하곤 해. 가끔은 이 고통이 나를 어디로 데려갈까 궁금하기도 하고. 20년 동안 "싫어요! 고통받기 싫어요!" 발버둥 치면서 얻은 건 고통이 조금 더 복잡해지

고 길어졌다는 거야.

위녕, 삶은 공평하지 않다. 삶은 평화롭기만 하지도 행복하기만 하지도 않아. 그런데 이 모든 것을 다 받아들이고 나면 삶은 신기하게도 우리에게 그 너머의 신비를 보여준단다. 마치 히말라야로 떠난 사람이 "여기 왜 이렇게 추워요?", "산소는 왜 이리 희박하죠?", "아아, 대체 언제나 여름이 와서 우리는 반팔 옷을 입을 수 있죠?" 이런 질문을 하고 있다고 생각해봐. 그러나 이 모든 것을 각오하고 떠난 사람에게 히말라야는 미지의 천년설과 눈이 멀도록 푸른 하늘을 보여준다고 하지.

위녕, 이제 독립을 하고 어쩌면 새 가정을 꾸밀 날을 앞두고 있는 너를 응원한다. 엄마가 언제나 그렇게 말하듯 삶은 자기 자신의 삶을 소중히 여기는 사람들의 몫이다. 나는 네가 그렇게 살기 위해 오늘도 애쓰고 있다는 것을 알아. 그러니 작은 실수들, 많은 실패들, 끝나지 않은 시련들은 너를 성숙하게 만들려는 신의 섭리로 생각해보렴. 오늘은 혼자서 따뜻한 된장차를 마시며 좋은 음악을 듣고 좋은 글을 읽자. 그것만으로도 오늘은 성공한 날이고, 이보다 더한 무엇이 우리에게 필요할까?

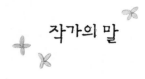

작가의 말

벌써 20여 년이 다 되어가는 이야기일 거야.

엄마는 첫 유럽 여행 중에 프라하에 도착했단다. 프라하 광장은 젊은이들로 꽉 차 있었지. 이미 유럽의 여러 나라를 돌고 있던 터라서 다른 것들은 이제 더는 마구마구 신기하지 않았을 거야. 그래서 건축물이나 풍경 대신 다리 위의 어떤 젊은이들을 눈여겨보게 된 걸 테지.

늘 그렇듯 배낭여행 하는 젊은이들은 간단한 티셔츠에 반바지를 입고 너무도 커다란 배낭을 메고 그곳으로 모여들었단다. 멀리 성당에서 아련하게 종소리가 울려 퍼지고 인근 레스토랑에서 음식 냄새가 퍼져 나오기 시작했어. 그때 엄마는 카를 다리라고 하는 아름다운 다리 근처에 서 있었는데, 일군의 젊은이들이 점심 식사를 하기 위해 광장 입구에 둥그렇게 둘러앉더라구. 거기까지는 그냥 무심한 풍경이었단다.

그런데 그중 금발의 한 젊은이가(어느 나라 출신인지는 잘 모르겠어.

큰 체구로 보아서 또 금발로 보아서 아무래도 북유럽이나 영국 혹은 독일 쪽이라 느껴졌지) 배낭에서 하얀 사각 천을 꺼내더니 펄럭 펴서 광장 바닥에 내려놓는 거야. 선머슴같이 무뚝뚝해 보이는 녀석이 말이야. 그러고는 배낭에서 이미 딱딱해진 것으로 보이는 커다랗고 둥근 빵을 꺼내어 그 위에 놓았어. 옆의 친구가 값싼 와인을 하나 따서 그 곁에 놓더구나. 그게 다였어.

돈 없는 젊은 배낭여행자들의 점심 식사. 음식이라고는 달랑 딱딱한 빵 한 조각과 와인 한 병뿐인데, 그들은 주머니칼을 꺼내 빵을 잘라 자신의 몫을 덜어내고 와인 병을 돌려가며 목을 축였어. 그때 엄마의 눈에 그들이 깔아놓은 땅바닥의 흰 사각 천(아마도 리넨 같은 거였다고 생각해)이 그리도 신선하게 보이더구나. 내게는 그것이 커다란 문화적 충격이었어. 처음 가본 유럽에 대한 신선한 충격만큼 말이야. 뭐랄까 과장되게 이야기하자면, 인간의 식사가 이런 거구나, 식사의 품격이라는 게 이런 거구나, 그런 생각을 했던 거 같아.

그 후로도 오랫동안 그 풍경은 엄마의 마음에서 떠나지 않았다. 잘못하면 그저 배를 채우는 먹거리를, 그 가난하고 빈한한 식사를, 그들은 그 하얀 천 하나로 갑자기 문화로 만들어버린 거야. 가난하든 아니든 우리는 품격 있는 식사를 한다, 고 말하는 것 같았지. 그 뒤로 여행을 하면서 늘 젊은이들을 눈여겨보곤 했는데 여학생들은 저녁에 광장에서 똑같이 그렇게 빈한하고 가난한 바다 식탁에 가끔은 일회용 티 라이트도 밝혀놓곤 하더라구.

여행에서 돌아와 엄마는 식탁 위의 비닐이나 유리를 치워버렸다. 매일 접시와 그릇을 닦듯이 식탁보도 빨아 새로 깔기 시작한 거야. 우리 음식은 서양의 것과 달라 국물이 많아서 식탁보는 훨씬 더 빨리 더러워졌지만, 어차피 너희들의 빨래를 매일 해야 하는 처지였으니 생각보다 어렵지 않았어. 그냥 새로 식탁을 차릴 때마다 마치 목욕을 하고 새 속옷을 갈아입듯이 그렇게 정갈한 마음이고 싶었단다. 짜장면이나 피자를 시켜줄 때도 있었지만, 그렇게 하얗게 장만한 식탁보를 깔고 너희들에게 그걸 주고 싶었어. 늘 바쁜 내가 기실 엄마로서 할 수 있는 애정 표현이 그게 거의 다였는지도 몰라.

너도 알다시피 엄마는 일 때문에 혹은 취재 때문에 혼자 여행을 많이 하게 되었는데, 그때 엄마의 가방 속에는 항상 예쁜 종이 접시 몇 개(인터넷 사이트에 생일용으로 나와 있는 것들 말이야)와 종이컵, 혹은 무겁지 않은 머그컵 하나, 일회용 와인 잔과 나이프 포크(이것도 인터넷 사이트 피크닉 용품에 있어), 그리고 티 라이트 몇 개를 가지고 다닌단다.

언제나 타국의 식당이나 길거리에서 식사를 할 수만은 없기에 자주 호텔 근처의 슈퍼마켓에서 장을 봐서 혼자 저녁을 차렸지. 엄마가 책에 쓴 훈제연어나 시금치샐러드 같은 것을 해 먹곤 했단다. 예쁜 접시에 장을 봐 온 것들을 적당히 담고, 작은 와인 잔에 와인을 따르고 과

일을 몇 개 곁들이고 티 라이트까지 밝히고 나면, 나는 낯선 여행자로 서의 모든 호사를 다 누리고 있는 기분에 젖기도 했단다. 더구나 각 나라의 슈퍼마켓은 그 나라의 많은 것들을 보여주고도 남으니까 문화적으로도 아주 흥미 있었고 말이야. 이국의 슈퍼마켓에서 훈제연어를 바구니에 담는 기분이라니.

네가 학교를 졸업하고 취직을 하고 혼자 살겠다고 했을 때 엄마가 걱정했던 많은 것들 중에 당연히 먹거리가 있었겠지. 다행히도 엄마가 방문했을 때 너는 엄마보다 더 아름답게 음식을 차려 왔고(음, 차렸다기보다는 솔직히 꺼내 담았고) 엄마가 늘 당부한 대로 먹거리를 소중히 여기는 것을 보고 엄마는 참으로 기쁘고 대견했단다.

물론 엄마도 가끔 질 낮은 인스턴트 식품으로 끼니들을 막 때우고 싶은 때가 있단다. 그게 특별히 먹고 싶어서라면 모르겠는데 그냥 귀찮아서 말이야. 잘 생각해보면 바로 그때가 실은 엄마의 생 전반의 기력이 떨어지는 때라는 것을 나는 이제 알지. 음식은 그런 바로미터 역할을 하고 그럴 때 엄마는 정신을 가다듬으려 노력한단다. 이 식사가, 이 식사의 앞과 뒤가 내 인생의 많은 모자이크 중의 하나라는 생각을 하면서 말이야.

위녕, 그러나 그 모든 것에도 불구하고 엄마가 하고 싶은 말은 실은 이거야. 네가 설사 너무 바빠 며칠을 라면만 먹고 산다 해도, 네가 너무 가난해져서 엄마도 떠난 먼 훗날에 신선한 요리를 하나도 해 먹을 수 없다 해도, 너는 소중하다고. 너 자신을 아끼고 소중히 여기는 일을 절대로 멈추어서는 안 돼. 앞에 놓인 음식이 무엇이든 그것을 감사하며 맛있게 먹고 웃어. 큰 경지에서 인생을 보고 너무 많은 것들을 심각하게 생각하지 말아라. 오늘 하루 먹은 음식이 별로 맛없었다 해서, 오늘 고른 내 요리가 별로라고 해서 내 인생이 크게 잘못되어지지 않듯이 말이야. 그렇지 않니?

그래도 행복하지 않다면 생각해봐야 해. 내가 무엇에 집착하고 있는지 내가 무엇을 늘 다른 사람과 비교하고 있는지 말이야. 너희들이 자랄 때 정말로 싫어하던 게 있었지. 바로 형제나 자매 혹은 남의 집 아이들과 비교해서 비난하는 일 말이야. 교육학 책에도 그러면 안 된다고 써 있더라. 엄마는 사실 가끔씩 견딜 수 없어 그걸로 너희들을 혼내고 싶었지만 꾹 참았어. 그러지 말아야 하는 거니까. 그런데 놀란 것은 네가 부모에게 그렇게도 요구했던 그 '비교 금지' 항목을 너 자신에게는 아무 저항감 없이 들이대고 있더라는 거야.

그러니까 이런 거. "남들은 다 부모님이 이렇게 해주는데 나는……", "남들은 이렇게 좋은 날 다 놀러가는데 나는……", "남들은 다 선물 받는데 나는……", "남들은 다 비키니 입을 만큼 날씬한데 나는……".

그래 이제 좀 정신이 드니? 그 남이 누굴까? 정말로 네가 엄마에게 "그 남이라는 사람들 중에서" 댈 수 있는 이름이 10명이나 될까? 아니, 단언컨대 그 남은 없어. 만일 있다면 그것은 머릿속에 존재하지. 바로 "그래야만 한다"라는 증후군. 그리고 그 "그래야만 한다"의 내용도 실은 그리 신빙성이 없고 천상의 항목인 것도 아니야.

다시 말하지만, 인생을 행복하게만 살다 간 사람은 없어. 다만 덜 행복하게 더 행복하게 살다 가는 사람들이 있단다. 어떤 것을 택할지는 네 몫이야.

그러니 눈을 크게 뜨고 이 순간을 깨어 있어라. 네 고민이 깊어지면 고민하기 전에 잠시 숨을 고르고 그 고민이 가리키는 바를 바라보아라. 깊은 고민은 네가 무엇에 얽매여 있는지를 말해줄 거야. 거꾸로 거기서부터 매듭을 푸는 것도 인생의 한 지혜야. 엄마가 마음이 힘들 때 몸으로부터 시작해보라는 말을 했듯이 말이야. 감사하지 않니? 우리는 로마의 황제도 먹지 못했던 아이스크림을 먹고 있다니까. 그것만으로도 우리는 참 풍요롭단다.

사랑하는 위녕, 엄마는 오늘 오이를 사다가 오이지를 담그려고 해. 네가 어린 시절부터 '외할머니표 오이지'라고 불렀던 그 오이지를 말이야. 오이에 끓인 소금물을 부으며 나는 그렇게 어렸던 너와 그걸 받아먹던 너의 조그만 입과 그때는 아직 젊었던 외할머니와 나를 다시금 추

억하겠지. 올여름 이 오이지를 먹으며 우리는 또 어떤 추억을 만들게
될지 엄마는 모른다. 다만 그렇게 좋은 것을 먹고 좋은 것을 읽다 보면
우리는 생각지도 못할 또 다른 좋은 것에 도달해 있게 될 거다. 엄마가
생을 믿고 그래 왔듯이 네 생을 믿어라. 걷듯 가벼이 앞으로 나아가거
라. 다만 이 한순간이 너의 생의 전부라는 걸 잊지 마라.

그리고 네 몸은 네 영혼의 집. 그걸 가꾸는 이들에게 어떻게 나쁜
일들이 오겠으며 설사 온다 한들 무슨 근본적 위험을 줄 수 있겠니? 그
러니 오늘도 우리는 서로 좋은 하루를 맞자. 멀리서 서로 그리워하는
것도 이런 초여름 밤에는 감미롭겠구나. 그래그래 오늘도 그렇게 좋은.

2015년 6월
공지영

딸에게 주는 레시피

© 공지영 2023

초판   1쇄 발행 2015년 6월 9일
초판   23쇄 발행 2021년 3월 8일
개정 1판 1쇄 인쇄 2023년 9월 13일
개정 1판 1쇄 발행 2023년 9월 20일

지은이 공지영
그린이 이장미

펴낸이 이상훈
문학팀 최해경 김다인 하상민
마케팅 김한성 조재성 박신영 김효진 김애린 오민정

펴낸곳 (주)한겨레엔 www.hanibook.co.kr
등록 2006년 1월 4일 제313-2006-00003호
주소 서울시 마포구 창전로 70 (신수동) 화수목빌딩 5층
전화 02-6383-1602~3 **팩스** 02-6383-1610
대표메일 munhak@hanien.co.kr

ISBN 979-11-6040-582-8   03810